ESSAI

SUR

LA LECTURE,

ET SUR LA

BIBLIOMANIE,

Où il est traité du Choix, du bon Usage, & de l'Abus des Livres.

Hæc ad
Commonitionem
Legentium
dicta sint
paucis.

Machab. lib. 2°.
Cap. 6. v. 17.

Poilly C.P.R. I.D Vivier

chin fil. inv. Soubeyran sculp.

Qui legit Intelligat.

Matth. Cap. 24. ℣. 15.

ESSAI

SUR

LA LECTURE.

Curavimus volentibus legere, ut esset animi oblectatio : studiosis verò, ut facilius possint memoriæ commendare : omnibus autem legentibus utilitas conferatur.

MACHAB. lib. 2. cap. 2. v. 26.

A AMSTERDAM;
ET
A LYON;
Chez PIERRE DUPLAIN l'ainé, Libraire de l'Académie, rue Merciere.

M. DCC. LXV.

PREFACE.

ON concevra ſans doute que lorſque j'ai entrepris de compoſer cet ouvrage, je ne prétendois pas l'adreſſer aux Savants. Ils ne ſont devenus tels que parce qu'ils ont ſu lire méthodiquement. Ainſi des leçons ſur cette matiere ne regardent nullement ceux qui ſont capables d'en donner eux-mêmes, & de ſervir d'exemples.

Mon intention a été ſeulement d'aider les jeunes gens à s'inſtruire par le ſecours de la lecture. J'avois auſſi en vue les perſonnes du monde qui ne liſent que pour s'occuper agréablement, & à qui le tourbillon des plaiſirs ou l'embarras des affaires interdiſent en quelque ſorte l'uſage des livres ſérieux. J'ai cru qu'il convenoit de leur inſpirer à tous le goût des bonnes lectures, de les prémunir contre les impreſſions de celles qui ſont nuiſibles aux mœurs, & à la Religion, de leur preſcrire enfin l'ordre, la méthode & les autres moyens néceſſaires pour lire avec ſuccès.

Il ne s'agira point ici, pour ce qui concerne la jeuneſſe dont l'inſtruction eſt l'objet le plus important, de régler les exercices des Colleges, ni de déterminer le choix & l'emploi des livres claſſiques, ni de tracer de nouveaux plans d'étude. On en voit éclorre tous les jours: & néanmoins les enſeignements publics ſemblent conſerver encore leur ancien ſyſtême ; ils ſont preſque toujours fondés ſur la même inſtitution qui a produit dans tous les temps de ſi heureux effets, qui a formé tant d'excellents éleves, tant de brillants génies, & de Docteurs célebres dans chaque genre.

Laiſſons aux perſonnes d'autorité à qui la direction des études eſt confiée, & aux habiles Maîtres le ſoin d'y changer ce qu'ils jugeront ſuſceptible de réforme ou de perfection. Mais quelles que ſoient l'habileté & la vigilance de ces Maîtres, & les diſpoſitions naturelles des Diſciples, que rapportent ceux-ci des inſtructions de l'école ? Ils y ont appris tout au plus à étudier. C'eſt une théorie qui n'a fait ſur leur entendement que des traces légeres. La foibleſſe de leur âge ne leur permettoit pas encore de l'approfondir ni de la mettre en pratique. L'interruption la moins longue ſuffiroit pour en effacer juſqu'au ſouvenir. Il n'y a que le bon choix & l'uſage réfléchi des livres qui puiſſent faire germer les ſemences des premieres études.

Mon deſſein ſeroit donc de guider dans la lecture un jeune homme qui ſort de la carriere ſcholaſtique pour entrer dans celle du monde. C'eſt la ſaiſon où l'eſprit n'eſt pas encore obſcurci par les préjugés, où le cœur eſt comme une cire molle, prête à prendre la forme qu'on veut lui imprimer. Heureux moments de docilité & de ſoupleſſe dont il faut profiter pour acquérir la ſcience & la vertu ! Moments précieux qui s'échappent pour ne plus revenir !

L'adoleſcence eſt auſſi dans la plupart des hommes le temps le plus orageux & le plus critique de la vie. Les paſſions commencent alors à exercer leur tyrannie. La raiſon eſt encore enveloppée de nuages. Le deſir d'être libre, de ne dépendre de perſonne, enflamme la jeuneſſe ; l'attrait du plaiſir la ſéduit : la préſomption l'aveugle : le dégoût pour le travail, le déſœuvrement & la diſſipation lui font bientôt perdre le fruit d'une éducation ſoignée.

Comment, en effet, de jeunes gens ſans expérience, livrés à eux-mêmes, & qui ſe félicitent intérieurement d'avoir fait un divorce éternel avec tous les Maîtres, pourroient-ils ne pas riſquer de s'égarer ? On en voit journellement de funeſtes exemples.

Ce ſont cependant des citoyens deſtinés à remplir les différents devoirs de la ſociété. Il eſt à craindre qu'ils ne s'en rendent incapables, pour peu qu'ils viennent à perdre le fil de leurs études, le goût de l'application. L'intervalle qui ſépare la ſortie du College de l'entrée dans les emplois publics eſt un vuide dangereux qu'il faudroit promptement remplir par des occupations utiles, par des lectures inſtructives.

A quoi ſerviroit-il de choiſir un état de vie, ſi l'on ne prenoit pas des meſures pour s'y bien conduire ? La nature départiroit en vain ſes dons, ſi l'on négligeoit de les cultiver. D'ailleurs, rien n'eſt plus pernicieux que d'abandonner les jeunes gens à leur propre volonté, & à leurs irréſolutions.

Les uns ſe livrent au repos, s'engourdiſſent dans une molle oiſiveté ; & cette pernicieuſe habitude une fois contractée, décide de toute la ſuite de la vie : ils ne reviendront plus à l'étude. Ils ne liſent guere, à moins que le hazard ne leur fourniſſe quelques lectures frivoles. Aucun genre de travail ne leur eſt propre. Ce ſont dans l'ordre civil des membres inutiles.

Les autres, dont le tempérament eſt plus ardent, ſe jettent à tout ce qui peut ſatisfaire leur curioſité, & leur inconſtance. Ils s'attachent préférablement aux livres qui ſont étrangers à leurs talents & à leur profeſſion, ou contraires aux loix du bon goût, & de la ſaine morale.

De tous ces abus il réſulte

que la plupart des Lecteurs retirent peu d'avantages de la lecture. Nous vivons dans un siecle où la sagacité, l'esprit & le rafinement se font remarquer. Malgré cette supériorité apparente de génie, on manque de zele : on craint la peine, l'assujettissement & l'application. On desire de cueillir des roses qui n'aient point d'épines, des fruits qui n'exigent aucune culture. On voudroit tout savoir, & tout comprendre sans recherche & sans effort. Ce qui coûte une trop sérieuse méditation n'est plus de mode. On se borne volontiers à une science superficielle qui suffit pour satisfaire l'orgueil & pour en imposer au vulgaire.

Il semble qu'à mesure que les livres se multiplient, l'amour de l'étude ſe ralentit. Celle des langues anciennes eſt de plus en plus négligée. Tout le monde s'empreſſe de former des bibliotheques, & peu de gens ſavent en faire uſage. Le grand art que chacun étudie eſt celui de ſe procurer les richeſſes & le plaiſir.

Il ſeroit donc important de rappeller l'homme au conſeil de ſa raiſon, de l'éclairer ſur ſes véritables intérêts, de lui fournir les occaſions de penſer & de réfléchir. La lecture des bons livres eſt le moyen d'y réuſſir infailliblement. Il importe ſur tout de mettre à profit le temps de la jeuneſſe qui eſt le regne de la mémoire pour perfectionner le jugement, pour régler l'imagination, pour fortifier l'ame par des exemples vertueux, par les maximes de la vraie Philoſophie.

Pourroit-on commencer trop tôt de faire de ſi précieuſes proviſions ? C'eſt la ſolide conſolation de la vie. La ſcience & la ſageſſe ſont au deſſus de tous les biens, & contiennent la ſource du bonheur. On ne ſauroit jamais aſſez exciter dans les jeunes gens les mouvements de l'émulation. On ne doit rien oublier pour leur applanir le chemin de l'étude.

C'eſt dans cette vue que j'ai propoſé quelques méthodes pour leur rendre la lecture attrayante & utile. J'ai tâché de tempérer la ſécهereſſe inſéparable des écrits didactiques, par quelques traits de morale & d'érudition. Mes principes ſont appuyés ſur le témoignage des Auteurs anciens; & j'ai mis en marge le texte des paſſages qu'ils m'ont fournis, en faveur de la jeunesse studieuse à qui leur langage est familier.

Au reste, il ne m'a pas été possible de déférer aux conseils de quelques personnes qui me sollicitoient de joindre à cet essai une notice détaillée des meilleurs livres en chaque genre qu'il conviendroit de mettre dans les mains de la jeunesse. Il n'est pas suffisant, me disoit-on, d'inspirer le goût de la lecture, il faudroit en indiquer l'objet.

Je réponds à cela que ce seroit une grande entreprise & trop supérieure à mes forces. Je croirois même ce projet presque impraticable. Un seul homme ne pourroit l'exécuter ; & l'on sait quel est le sort des ouvrages faits en commun. D'ailleurs, chacun a ſon attrait & ſon ſentiment. Tels livres que je conſeillerois ne ſeroient ſûrement pas du goût de tout le monde. On ne manqueroit pas de me reprocher des oublis ou des préférences.

Outre cela, il eſt bon d'obſerver que le jugement qu'on porte ſur les livres varie ſelon les temps & les uſages. Les éditions ſe renouvellent ; & les écrits modernes dépriſent quelquefois les anciens. Il ſera toujours vrai de dire que la lecture eſt utile : & tous les hommes ſenſés conviendront qu'elle exige des regles qui ne changent point. Mais des livres eſtimés dans un ſiecle ne le ſont pas également dans un autre. Ils éprouvent les révolutions auxquelles toutes les choſes humaines ſont ſujettes. On ne peut donc rien établir de fixe à cet égard. Je me suis borné à renvoyer les personnes qui voudront faire un bon choix de lectures aux avis des connoisseurs & des Savants.

Enfin, mon plan sera rempli selon mes vœux, si l'amour de l'étude, ou du moins l'usage raisonnable des livres pouvoit devenir le goût dominant de ceux qui prendront la peine de lire cet ouvrage. Dans cette flatteuse pensée je dirai avec Quintilien que si je ne réussissois pas à procurer aux jeunes gens, comme je le desire, toute l'utilité des préceptes que je leur proposerai, j'aurois néanmoins beaucoup avancé vers mon but, si je les amenois aux dispositions d'une bonne volonté.

Cognitio, (præceptorum) ſtudioſis juvenibus, ſi non magnam utilitatem afferet, ac certè quod magis petimus, bonam voluntatem.

ESSAI

ESSAI
SUR
LA LECTURE.

LA communication réciproque des idées & des sentiments eſt le lien le plus doux, & le plus néceſſaire de la ſociété. Non contents de penſer & de réfléchir pour eux ſeuls, les hommes cherchent encore à ſe manifeſter mutuellement leurs penſées, & leurs réflexions. Si les intérêts reſpectifs, ſi les beſoins de la vie leur font un devoir de cette communication de ſentiments, ce devoir même fait leur plaiſir. On aime naturellement à pénétrer dans la penſée d'autrui ; on ſe plaît encore plus à lui faire connoître & adopter ce que l'on penſe.

Cependant la parole, organe de l'ame, ne ſuffiſoit pas pour exprimer ſes conceptions. L'écriture vint au ſecours de la parole pour en étendre l'effet juſqu'aux temps & aux lieux éloignés. C'eſt par l'écriture que les Sages & les Savants ont tranſmis à tous les peuples le dépôt précieux de la Science & de la Morale. Un ſiecle a inſtruit un autre ſiecle ; un jour a éclairé un autre jour ; les travaux & les veilles des premiers Philoſophes ont dirigé les travaux & les veilles de leurs Diſciples & de leurs ſucceſſeurs. *Dies diei eructat verbum : & nox nocti indicat ſcientiam* (a).

(a) *Pſalm.* 18. v. 2.

L'homme eſt devenu l'objet de l'étude de l'homme-même. La nature lui a fourni mille ſujets de curioſité & de méditation. A meſure que les notions primitives ont été éclaircies, que les principes des choſes ſe ſont développés, on s'eſt appliqué à perfectionner l'art de les décrire. Cet art ſi utile a été de tout temps l'exercice des plus beaux génies, & a fait la gloire des habiles maîtres.

Les modernes ont imité les anciens; ils ont puiſé dans les grands modeles les loix de la ſaine Logique & du bon goût. Par l'imitation des exemples choiſis, par l'application des regles conſtantes on eſt venu à bout de réduire les vérités en préceptes, & le ſtyle en méthode. Inſenſiblement les livres inſtructifs comme les ouvrages d'agrément ſe ſont multipliés. On a écrit ſur tous les ſujets. Il eſt libre de choiſir.

Cherchons-nous à nous propoſer des modeles ? Tel Auteur a excellé dans l'ordre, dans l'arrangement des matieres, dans l'enchaînement des idées, & des conſéquences : tel autre dans le choix des expreſſions, des tours, & des figures. On admire ici la juſteſſe, la vivacité, l'énergie, l'élévation des penſées : là l'heureux concours de la ſolidité & de l'élégance, la force des preuves, l'emploi judicieux des images & des locutions. On n'a donc rien de plus à deſirer dans la littérature, ni pour le fonds des choſes, ni pour la forme dont elles ſont revêtues.

Voulons-nous des regles pour nous guider ? Les livres élémentaires ſur la meilleure maniere d'exprimer la penſée ne nous manquent pas. Les traités de grammaire, de rhétorique, de poétique ſont en grand nombre. Tous les plans ſont tracés ; chaque genre a ſon langage, ſon ton, & ſes Docteurs. Les ouvrages de nos fameux écrivains ſont des chefs-d'œuvre de poéſie, d'éloquence, & de philoſophie, dignes d'exciter l'émulation de ceux qui aſpirent à cultiver les Lettres.

Mais comment ſe peut-il que parmi tant d'Auteurs célebres qui nous enſeignent ſavamment l'art d'écrire, aucun n'ait daigné nous apprendre celui de lire utilement? Si l'on n'écrit que pour être lu : ſi l'on ne lit que pour l'inſtruction, ou du moins dans la vue d'un honnête amuſement, pourquoi eſt-il ordinaire de lire beaucoup, ſans retirer de cet exercice l'avantage & le plaisir qu'il doit produire ? Cela vient certainement du défaut de méthode & de dispositions de la part des Lecteurs. Leur nombre néanmoins étant incomparablement plus grand que celui des écrivains, il semble raisonnable de s'étonner que les maîtres qui ont dicté de si belles leçons à ceux-ci, n'aient pas voulu diriger ceux-là dans leur lecture pour la leur rendre plus utile & plus agréable.

Il ne faut pas croire qu'il suffise de tout lire rapidement, indifféremment & sans aucun choix. Si les écrits de nos fameux Auteurs sont composés avec le dessein d'instruire & de plaire, ils demandent une sorte de coopération de la part de ceux qui les lisent. L'occupation du lecteur, quoique plus libre & moins pénible que celle du compoſiteur, ne laiſſe pas d'exiger un certain travail; & un ouvrage fait avec ordre & avec art ne produira jamais l'effet que l'Auteur s'eſt propoſé, ſi la lecture n'en eſt pas méthodique, réfléchie & bien digérée.

J'avoue qu'il y a des livres qui attirent plus ou moins l'attention du lecteur. Le degré d'application qu'il y donne, ou d'intérêt qu'il y prend, réſulte ſouvent de la nature du ſujet, de la maniere dont il eſt traité. Mais on conviendra auſſi que le ſuccès dépend de l'intelligence, du goût, & des autres diſpoſitions plus ou moins favorables de la perſonne qui lit. Ainſi, la lecture étant la clef de toutes les ſciencés, la nourriture journaliere de l'ame, il eſt évident qu'on doit s'y diſpoſer avec ſoin, &

obſerver certaines regles pour la faire avec ſatisfaction, & avec fruit.

Eſſayons donc de tracer quelques préceptes pour un exercice d'une ſi grande importance, d'un uſage ſi fréquent & ſi univerſel. Il ne ſera pas difficile d'en prouver l'utilité. Il paroît même ſuperflu de démontrer une vérité ſenſible & conſtamment reconnue. Mais ſi l'uſage de la lecture eſt néceſſaire à l'homme, il eſt donc eſſentiel de lui indiquer les moyens de la bien faire.

PREMIERE PARTIE.

TOUT le monde lit. C'eſt l'occupation ou l'amuſement ordinaire de la vie. Les jeunes gens comme les vieillards, les femmes de même que les hommes, les ignorants ainſi que les ſavants s'y livrent avec plus ou moins d'ardeur, ſelon leur capacité, leur goût & leur état. Le nombre des lecteurs a même augmenté conſidérablement dans ces derniers ſiecles. Plus les ſciences ſe perfectionneront, plus les lettres feront de progrès, & plus l'uſage des livres s'accréditera.

Mais pour obſerver avec quelque ordre la maniere dont on s'acquitte communément de cet exercice, & les moyens qu'il faudroit prendre pour s'en mieux acquitter, il convient de diſtinguer deux ſortes de lecteurs : ceux qui n'ont pour objet que l'amuſement, ou la ſimple occupation, & ceux qui ſe propoſent dans leurs lectures l'inſtruction & l'étude ſérieuſe. Tâchons de montrer à tous la voie qui peut les conduire à leur but, & après avoir entrepris de rendre plus légitime, plus profitable le plaiſir des uns, nous nous occuperons du ſoin de fournir au travail des autres plus de facilité, plus d'ordre, & même plus d'agrément.

Il faut d'abord convenir que tous les eſprits ne ſont pas propres à l'étude, ni capables d'application : que les hommes nés avec la faculté de penſer, ne ſont pas tous également diſpoſés à méditer & à réfléchir.

Parcourons les diverſes ſituations où la naiſſance les place, les différents devoirs qu'ils ont à remplir dans l'ordre civil. Examinons les qualités perſonnelles de chacun relativement au moral & au phyſique. Soit que nous les conſidérions par rapport à la conformation de leurs organes, ſoit que nous ayions égard au genre d'éducation qu'ils ont reçue, & aux fonctions de leur état, nous reconnoîtrons que les réflexions approfondies ſont le partage du plus petit nombre.

Les uns ſont livrés aux occupations extérieures. Le temps de s'appliquer aux exercices de l'eſprit leur manque : les moyens néceſſaires pour y vaquer leur ſont refuſés. Les autres n'ont ni aptitude ni goût pour étudier & pour acquérir des connoiſſances.

Quelques-uns ont négligé leurs premieres études. Le dégoût a ſuivi les mauvais ſuccès. Ils ne ſauroient dans un âge plus mûr ſe déterminer à de nouveaux efforts. La ſeule idée du travail les effraie : le plaiſir les diſſipe ; & ils croiroient être condamnés à la plus profonde ſolitude, s'il leur falloit paſſer quelques heures avec un livre. D'autres enfin, & il n'y en a que trop dans le monde, ſemblent n'y être que pour végéter ; ils languiſſent & s'endorment dans une oiſive indolence : ou ils ne s'exercent que ſuperficiellement aux opérations de leur ame.

On doit comprendre que des hommes de ces caracteres ne peuvent faire qu'un léger uſage de la lecture, & que toute lecture ne leur eſt pas convenable. Les Savants mêmes, &

tous ceux qui s'adonnent au travail de l'eſprit, ne peuvent pas toujours ſoutenir le même degré d'application. Une contention trop longue les épuiſeroit. Ils ont ſouvent beſoin de recourir à des livres d'amuſement pour ſe délaſſer (*b*).

Voyons donc quelle eſt cette lecture néceſſaire aux uns & aux autres, qui ſoit aſſez agréable pour attirer, aſſez ſolide pour occuper, ſans être trop gênante ni trop épineuſe. Quelque ſuperficielle qu'elle paroiſſe, elle exige néanmoins une méthode & des conditions, ſans leſquelles elle deviendroit inutile, frivole, pernicieuſe, abuſive. Ces

(*b*) Sunt etiam muſis ſua ludicra. Mixta Camenis
Otia ſunt . . . .
Sed requiei, ſtudiique vices rata tempora ſervant
. . . . longum delinitura laborem
Intervalla damus.

Auſon. Eidyl. 4.

conditions consistent à bien choisir les livres, à lire attentivement, à se rendre compte à soi-même de ses lectures, & à en faire une utile application. Il y auroit certainement beaucoup à gagner pour l'esprit & pour le cœur dans celles où préside-roient le discernement, l'attention, & la réflexion.

Le choix des livres de simple récréation est plus important qu'on ne pense. Parmi les tas immenses de ceux qui nous environnent, il y en a tant de méprisables par la frivolité & le mauvais goût : tant qui sont les organes de la vanité & du mensonge : tant dont les principes ne tendent qu'à opprimer la vertu sous le poids d'un ridicule ingénieusement assaisonné : tant qui ne contiennent que des maximes perverses & des traits d'une insidieuse impiété ! Que ne risquent donc pas les Lecteurs inconsidérés, & sur-tout les jeunes gens, dans des lectures où ils ne sauroient manquer de perdre un temps précieux, & de compromettre l'intégrité de leurs mœurs.

Malgré ces inconvénients & ces dangers, on voit souvent les bons & les mauvais livres confondus ensemble & mis au même rang. On n'examine rien. On prend indifféremment le premier qui se présente sous la main : & il est à craindre que si l'on vient à choisir, la corruption du cœur ou le défaut de lumieres & de délicatesse ne fasse donner la préférence à ce qu'il y a en ce genre de plus frivole & de plus dangereux.

Interrogeons les gens du siecle sur cet article ; leur réponse sera qu'ils n'y entendent point de finesse: que tout livre qui les amuse leur est bon. Le caprice décide de leur choix; ou pour dire vrai, ils n'en font aucun. Il arrive delà que les bons livres étant beaucoup moins nombreux que les mauvais, il se fait plus de mauvaises que de bonnes lectures.

Voyez ce jeune homme nouvellement introduit sur la scene du monde. Il est énorgueilli de la fortune de ses peres, assez content de sa figure & de son esprit. Après avoir employé les premieres années de sa vie à des études superficielles & négligées, il est sorti du College avec un vif attrait pour la liberté & l'indépendance; il s'est arrogé le droit de peu savoir, de ne douter de rien, & de décider de tout. Les plaisirs auxquels il s'adonne ne sont pas si successivement

ſucceſſivement liés, qu'ils ne lui laiſſent quelques intervalles d'inaction. Que fait-il pour charmer ſon ennui ? Il lit les brochures nouvelles. Si vous lui demandez quels ſont ces livres, & ce qu'il en penſe, il vous répondra dédaigneuſement que le hazard lui a fourni cette lecture; qu'il ne cherche qu'à paſſer le temps; qu'il n'a garde de ſe fatiguer à réfléchir ſur ce qu'il lit. Néanmoins, cette maniere de lire, toute déſordonnée, toute indigeſte qu'elle eſt, ne l'empêche pas de porter un jugement ſouverain, & d'un ton dogmatique, ſur tous les livres nouveaux. Les plus mépriſables ſont ordinairement ceux qu'il préconiſe & dont il conſeille l'uſage aux autres. Citez-lui en de meilleurs qui pourroient l'inſtruire en l'amuſant : il vous avouera qu'il ne choisit jamais ; que le choix seul est une étude. Il ira jusqu'à se vanter de savoir tirer avantage des moindres livres, quels qu'ils soient : & il osera vous dire que ceux où la raison domine sont pour lui insipides, fastidieux, détestables.

Des personnes plus sensées, & d'un âge plus mûr, ne sont pas souvent plus délicates sur ce choix. Dès qu'on ne se propose que le simple amusement dans la lecture, on s'imagine être libre de tout lire. Tel qui ne se destine point à l'étude, qui n'a ni le loisir, ni l'habitude de méditer, ne cherche que les livres qui peuvent le délasser & le divertir. Mais, combien n'en rencontre-t-il pas dont il est la dupe ? En effet, la frivolité, la basse plaisanterie, la simplicité naïve qui composent le fonds de quelques-uns de ces écrits deviennent bientôt fades & rebutantes. On passe aux ouvrages qui ont plus de sel, plus d'élégance. On préfere sur-tout ceux qui ont le mérite de la nouveauté. La curiosité prévaut sur le jugement; elle exclut tout examen: on ne consulte que la fantaisie.

Insensiblement l'amorce du plaisir attire. De celui qui est légitime à celui qui est défendu, il n'y a souvent qu'un pas à faire. Cette borne une fois franchie, on se permet la lecture de certains livres qui ne respirent que la licence & la volupté la plus rafinée, qui renferment des anecdotes médisantes, des chroniques scandaleuses, des leçons de Pyrrhonisme & d'incrédulité, des principes les plus contraires aux droits de la nature, aux loix de la ſociété, aux regles des bonnes mœurs, des ſyſtêmes enfin diamétralement oppoſés aux maximes de la raiſon, de la juſtice, & de la religion.

C'eſt-là l'objet de l'amuſement de la plupart des hommes du monde. Il veulent ſe récréer à tout prix. Les femmes ſur-tout, qui ne devroient jamais ſe conduire dans leurs lectures qu'à la lumiere des bons conſeils, & ne juger que d'après les gens éclairés, ſe font un plaiſir de voltiger ſur toutes les eſpeces de livres d'agrément, & une gloire d'adopter les plus frivoles ou les plus ſuſpects. Ne ſoyons donc pas ſurpris ſi le nombre de ces mauvais livres ſurpaſſe celui des bons. Leurs auteurs ont l'approbation d'un ſexe qui donne le ton par-tout. La délicateſſe de ſentiment, la fineſſe de goût qu'on lui attribue, lui ont acquis la faculté de décider du ſort des ouvrages d'eſprit. Celui qui a l'avantage de lui plaire eſt bientôt accrédité.

D'ailleurs, on ne s'accommode plus dans le monde du langage de la raiſon. La mode eſt de tourner le dos au jugement, pour courir après l'eſprit. Tout le monde en cherche, tout le monde veut en avoir; que dis-je? tout le monde en a, ou du moins chacun s'efforce d'en montrer, & preſque perſonne ne ſe pique de bon ſens.

Or, en conſéquence de ces principes, on choiſit les livres qui brillent par le feu de l'imagination. Le venin qui y eſt caché n'excite ni ſoupçon ni crainte. On brûle du deſir de cueillir les fleurs qui le couvrent. On s'empreſſe de boire à longs traits dans la coupe enchantée. Il eſt doux d'y éprouver une agréable ivreſſe, qui ôte le ſentiment d'un ennui mortel ; heureux délire qui fait oublier les leçons d'une raiſon auſtere, le ſoin des affaires ſérieuſes, & qui rend ſourd à la voix du devoir !

Voilà quelle eſt la lecture que préferent les gens du monde. Les livres qu'il leur faut ne ſont pas des livres de mœurs. On n'aime point à tant raiſonner avec ſoi-même. Il vaut bien mieux s'entretenir par des récits d'aventures galantes, s'étourdir par des jeux folâtres, ou s'occuper malignement de quelques ſatyres mordantes, de quelques railleries cyniques.

» A quoi bon (diſoit Martial à un » de ces Lecteurs de goût dépravé), » à quoi bon repaître ainſi votre » eſprit de monſtres & de chimeres?

» Comment pouvez-vous trouver de » l'amuſement à lire de miſérables » brochures ? Que ne vous adreſſez-» vous plutôt à des livres dont vous » puiſſiez avouer le choix avec hon-» neur, & retenir la ſubſtance avec » avantage ?

Quid niſi monſtra legis ? . . . . . .
Quid te vana juvant miſeræ ludibria chartæ ?
Hoc lege quod poſſis dicere jure, meum eſt. (c)

Mais, non, ce n'eſt pas à l'utilité qu'on aſpire : c'eſt à un plaiſir fantaſtique. Tout ce qui peut le procurer eſt bien reçu.

Ici, la contagion ſe communique réciproquement. Les Écrivains licencieux débauchent l'eſprit des lecteurs ; & l'imprudente curioſité de ceux-ci donne lieu à la licence qui regne dans la plupart des livres. Si tous

(c) *Mart. lib. X. Epigr.* 4.

les écrits de ce caractere étoient généralement rebutés, profcrits, méprifés, le nombre n'en feroit pas fi grand. Les Auteurs d'une doctrine décriée ne craignent ni la cenfure des fages, ni la rigueur des loix; mais ils redoutent le mépris & l'oubli. Ils s'enhardiffent à écrire, parce qu'ils font affurés de trouver des lecteurs & des partifans. Que leurs ouvrages foient prohibés par le miniftere public, c'eft un nouveau moyen pour leur acquérir de la faveur; & moins ils la méritent, plus il y aura de curieux qui les rechercheront.

Tels font les maîtres dont on écoute les leçons. C'eft-là l'école où fe forment les philofophes à la mode, les prétendus efprits forts. A les entendre, il n'y a point de dangers pour eux; ils font aguerris, invulnérables aux impreſſions vicieuſes. Diſons plûtôt, ils ſont ſi corrompus, qu'il ne ſe trouve plus pour eux de mauvais livres.

De tous ces abus il s'enſuit qu'on ne ſe met pas en peine de choiſir, ou qu'on choiſit mal. Cependant, on devroit ſuivre le conſeil que donne Eraſme de faire divorce avec ces Auteurs également fameux par la pureté de leur ſtyle & par la perverſité de leurs maximes. Ils ont enrichi & perfectionné notre langue, mais ils ont énervé & corrompu nos mœurs. *Non eſt utendum his libris qui ſic linguam expoliunt, ut mores inficiant* (*d*). Ce ſont des Sirenes enchantereſſes. Le plus sûr parti eſt de fermer l'oreille à leurs voix. La lecture produit ordinairement le même effet

(*d*) *Eraſm. Epiſt.*

que le commerce des hommes. On connoît à votre conduite quels ſont ceux que vous fréquentez, & par vos diſcours de quels livres vous faites uſage. *Cum electo electus eris, & cum perverſo perverteris* (*e*). Avec les gens qui ont le plus d'eſprit, on eſt quelquefois en très-mauvaiſe compagnie.

C'eſt pourquoi le lecteur ſage ne ſe laiſſe point ſéduire par ce qui brille, ni par ce qui chatouille. Il imite l'abeille qui ne ſuce que les fleurs ſaines & odorantes. Il ſeroit à ſouhaiter qu'on ſe rendît plus ſcrupuleux ſur le choix des lectures, & qu'on n'adoptât que ce qui eſt caractériſé par la décence & le goût exquis (*f*).

(*e*) *Pſalm.* 17. *v.* 29.

(*f*) A floribus marcidis apes abſtinent : ita non attingendus liber qui putridas habet ſententias. Nihil attingendum quod non ſit elegans & ſucculentum.
Eraſm. Epiſt.

Allégueroit-on pour excuſe la difficulté de le trouver? Ce ſeroit à tort, car les bons ouvrages ne manquent pas. On en a de toutes les ſortes plus qu'on n'en peut lire: & le genre agréable en a fourni beaucoup d'ingénieux & de ſatisfaiſants. Des Auteurs eſtimables ont sû allier la raiſon avec les graces, la ſageſſe avec le bel eſprit. Ils ont trouvé l'art de plaire en inſtruiſant. L'un ſous le voile d'une élégante fiction laiſſe entrevoir des vérités utiles: l'autre couvre une critique fine & judicieuſe de l'écorce délicate de l'ironie. Un autre par un badinage léger démaſque les ridicules, inſpire l'horreur du vice, l'amour de la décence & du devoir. Aux fleurs de la belle littérature ſuccédent les fruits les plus délicieux.

Erafme compare les productions de ce genre à ces pierres précieufes dont la médecine fait ufage pour certains remedes. Leur éclat, leur odeur, & la variété de leurs couleurs réjouiffent les fens; mais leur vertu fpécifique eft de procurer la fanté (*g*). Telles font les propriétés d'une lecture bien choifie. Quiconque n'eft pas curieux d'en éprouver les effets falutaires eft dépourvu de goût & de fentiment.

Combien d'ouvrages excellents n'avons-nous pas vu éclorre dans le vafte champ des Belles-Lettres ! Combien d'écrits fur la morale, fur les arts, fur l'hiftoire, fur les voyages,

(*g*) Ut his gemmis fummum eft pretium, quæ non modo varietate colorum delectant oculos & nares odore, verùm etiam ad remedia funt efficaces : fic his libris fummum eft pretium qui non folùm habent orationis illecebras, verùm & falubribus præceptis animos à vitiis liberant. *Erafm. Epift.*

dont la lecture fournit ſans étude & ſans effort la plus ſolide inſtruction! Chaque lecteur y découvre des objets analogues à ſon caractere particulier. Aime-t-on le ſimple, & le naïf? Se plaît-on à voir le tableau des mœurs deſſiné ſans art, & à conſidérer le cœur humain lorſqu'il ſe montre à découvert? On ne ſauroit mieux goûter tous ces charmes que dans le genre épiſtolaire, où l'écrivain admet le lecteur dans la plus intime confidence, où la nature s'exprime avec tant de candeur, où l'homme ſe peint lui-même ſi agréablement. Veut-on être ébranlé par des émotions plus ſenſibles, plus véhémentes? L'Eloquence avec toute ſa pompe, la Poéſie avec ſon harmonie & ſon enthouſiaſme donnent un généreux eſſor à l'eſprit, élevent l'ame par de nobles mouvements.

Pourquoi donc ne pas faire un choix de préférence des Auteurs qui se sont appliqués à nous rendre la vertu aimable, qui n'ont cherché à nous plaire que pour nous servir utilement (*h*)? Tels sont, cependant, les livres vraiment dignes de la curiosité de l'homme raisonnable. Il ne se repentira jamais de les avoir lus. Je crois qu'il seroit superflu de les citer plus expressément. Les gens d'un goût fin & délicat les connoissent bien. Tout le monde peut se les procurer aisément : & dans le meilleur choix il est libre à chacun de suivre son attrait particulier.

Mais il ne suffit pas de les choisir avec discernement : il faut encore les

(*h*) Lectorem delectando, pariterque monendo. *Horat. de Art. Poet. v. 343.*

lire avec attention. Sans elle que pourrions-nous recueillir de la lecture, ſi ce n'eſt un mêlange confus d'idées indigeſtes ? Les plus beaux écrits ne font qu'une légere impreſſion ſur un lecteur inappliqué. Il ne lui en reſte, après qu'il les a lus, que des traits ébauchés, de vaines images, quelques ombres fugitives de la penſée & du ſentiment. A quoi ſert de prendre un livre pour en faire ſi peu d'uſage ? C'eſt jeter la ſemence ſur la ſurface d'une terre mal préparée; elle n'a pas pénétré, elle ne germera jamais. En effet, quel fruit, quel plaiſir même peut-on eſpérer d'une lecture rapide & ſuperficielle ? Quand on n'auroit pour objet que le ſimple amuſement, on le trouveroit bien plus ſûrement dans l'uſage méthodique & diſcret de quelques livres choisis, que dans l'habitude qu'on se fait de les multiplier sans dessein, de les parcourir à la hâte, d'une maniere vague & inconsidérée.

A voir lire la plupart des gens du monde, on croiroit qu'ils ont fait entre eux des gageures dont le gain est destiné à celui qui lira en moins de temps un plus grand nombre de volumes. Ils se vantent ensuite d'en avoir beaucoup expédié. Ils vous l'annoncent avec le ton victorieux de quelqu'un qui vient de gagner un prix à la course. Ce n'est pas là cependant la marche du plaisir, sur-tout de celui de l'esprit. Dès qu'il entrevoit les objets, il s'y arrête pour les connoître, & après les avoir connus, il se plaît à les goûter, à les pénétrer curieusement.

Toutes ces opérations ne se font pas

pas dans un clin d'œil. Ce n'eſt pas jouir des choſes que de ſe contenter de les effleurer. Dans tout ce qui peut occuper l'homme, la ſatisfaction qu'il y cherche ne ſauroit être que très-médiocre, s'il ne s'y rend pas attentif. Il ſemble que les choſes agréables devroient l'attirer, le fixer autant que les choſes pénibles ou ſérieuſes l'effarouchent & le rebûtent. On eſt donc bien fondé à exiger de lui l'attention néceſſaire, même dans les lectures de pur délaſſement.

Il y a une ſi attrayante délectation à lire à loiſir un bon livre : à conſidérer toutes les beautés qui en font l'ornement : à y obſerver la délicateſſe, l'énergie des expreſſions, la fineſſe des tours, la clarté, l'élégance du ſtyle, la juſteſſe, la ſolidité des penſées ! Comment pourroit-on ne pas goûter les charmes de tous ces détails? Je m'adreſſe à l'éloquent Boſſuet, au brillant Fléchier. Ils me font ſentir la force impérieuſe & l'ingénieux artifice de la parole. Ils m'intéreſſent au ſort des grands hommes dont ils louent les vertus, & dont l'éloge devient le leur. Je ne puis refuſer un hommage d'admiration à la valeur magnanime des Turenne, des Condé, aux qualités eſtimables des Reines de France & d'Angleterre, au mérite éminent des Montauſier, des le Tellier, & des Lamoignon. J'éprouve au dedans de moi une illuſion ſéduiſante. Je ſuis tellement occupé des portraits qui me ſont offerts, que j'oublie le panégyriſte pour ne plus ſonger qu'aux Héros qu'il me dépeint. Il me ſemble voir ces illuſtres perſonnages. Je recueille de leur bouche leurs maximes mémorables. Je deviens en quelque ſorte le confident de leurs ſentiments généreux, le témoin de leurs actions glorieuſes, & des faveurs ou des diſgraces qu'ils reçoivent de la fortune; enfin, je ſuis ſpectateur de tous les divers événements de leur vie. Quoique ces prodigieux effets de l'éloquence doivent être attribués aux rares talents des Orateurs dont je lis les diſcours, agiroient-ils ſur moi avec tant de puiſſance, ſi je ne me prêtois pas à leurs mouvements par mon attention?

La Poéſie a ſur elle le même droit. Son agréable preſtige, ſes riantes images, la variété, la hardieſſe de ſes peintures, les graces & l'harmonie de ſon ſtyle, le ſublime de ſes expreſſions raviſſent l'eſprit, échauffent

& captivent le cœur. Rien ne résiste à cet art enchanteur & divin. Sa mélodie & son mouvement dissipent l'engourdissement de l'ame, les caprices de l'humeur, délassent des travaux & des soins pénibles, calment les inquiétudes, suspendent, du moins pour un temps, le sentiment des maux inséparables de la vie humaine (*i*). C'est une sorte de magie à laquelle il est si doux de se livrer! Comment pourroit-il se faire qu'à tous ces charmes on opposât des yeux volages, & un esprit distrait?

Le Poëme épique, qu'on peut appeller le miracle du génie humain, a de quoi rendre le lecteur attentif. Le François y voit un de ses

(*i*) Carminibus quæro miserarum oblivia rerum. *Ovid.*
Sollicitæ jucunda oblivia vitæ. *Horat. lib. 2, Sat. 6. v. 62.*

meilleurs Rois. Qui n'admireroit pas ſa belle ame, ſon noble courage? Ses vertus font oublier ſes foibleſſes. On aime à être témoin du zele & des ſervices de Sully; à entendre les conſeils ſalutaires de du Pleſſis-Mornay.

Tels ſont les heureux effets de l'épopée. Mais elle étaleroit vainement toutes les merveilles de l'art, ſi l'on ne les regarde qu'avec froideur & diſtraction. La muſe épique s'épuiſeroit inutilement à tracer des deſcriptions charmantes, à exprimer des ſentiments héroïques, à raconter des faits qui tiennent du prodige; ſes récits ne ſauroient affecter le lecteur ſans ſa participation. Ils ne feront impreſſion ſur lui, qu'autant qu'il y rendra ſon ame attentive.

Si de ce genre nous paſſons au

poëme dramatique, que d'objets nous ſaiſiſſent & nous inſtruiſent ! Ici, régnent le grand jeu des paſſions, & la cenſure des mœurs. Ce ſeroit manquer de ſentiment & de goût que de lire avec indifférence les œuvres inimitables des Corneille, des Racine, des Moliere. Quoique l'action du théatre ait un ſuccès très-ſupérieur à celui de la lecture, nous ne laiſſons pas en liſant d'éprouver les mouvements de terreur qu'inſpire la coupe d'Atrée, de donner des larmes ſecretes aux douleurs de Monime, & de rire tout bas de l'amour d'Harpagon pour ſa caſſette. Par cette lecture nous jouiſſons d'une ſorte de ſpectacle qui exige l'application de nos ſens.

Les Poëtes dans chaque genre ont mis tout en uſage pour ſe concilier notre attention. Tantôt, c'eſt une Ode ſublime & majeſtueuſe qui nous éleve : tantôt, c'eſt la plaintive Elégie qui nous attendrit : quelquefois, une élégante Eglogue nous retrace les mœurs de la vie champêtre, ces plaiſirs de la nature ſi doux & ſi purs. Ici, l'inſtruction ſuit l'amuſement dans l'Epigramme & dans la Satyre : là, l'homme entre en converſation avec les animaux mêmes, & il tire de bonnes leçons de la naïveté de leur langage. La vérité ſuccede par-tout à la fiction.

Mais, cherche-t-on à voir cette vérité précieuſe ſans nuage & ſans voile? l'Hiſtoire, d'un air plus ſimple & d'une marche plus grave, nous conduit à des préceptes utiles par des exemples remarquables. Elle ouvre un champ immenſe. Elle nous fait parcourir tous les ſiecles, toutes les régions de la terre. Les événements anciens & modernes ſe paſſent ſous nos yeux. L'établiſſement, la ſplendeur, & la décadence des Empires, les révolutions des Sciences & des Arts ſont des tableaux ſucceſſivement expoſés à notre vue; nous devenons citoyens du monde (*k*), & tous les hommes qui l'habiterent autrefois ſemblent être encore nos contemporains. L'univers entier eſt en quelque ſorte cité à comparoître pardevant nous. C'eſt une revue générale de tous les peuples, auſſi différents entre eux par la nature & la poſition de leur climat, que par la variété de leurs génies, de leurs loix, de leurs caracteres, de leurs mœurs,

(*k*) Non ſum uni angulo natus. Patria mea totus hic eſt mundus. *Senec. Epiſt.* 28.

de leurs habillements & de leur langage.

Voilà certainement le ſpectacle le plus intéreſſant, le plus capable de ſatisfaire notre curioſité. La littérature s'eſt épuiſée dans toutes ſes parties pour donner à l'homme des enſeignements par forme de récréation. Seroit-il poſſible qu'il fût ſi inſenſible, ſi dédaigneux, que de jeter avec précipitation des regards fugitifs ſur tous ces objets? Peut-il en tirer quelque agrément & quelque avantage, s'il ſe contente de les entrevoir rapidement?

Il objectera, ſans doute, pour ſa défenſe, que cette inapplication qu'on lui reproche doit être imputée à la lecture même, genre d'exercice qui par ſa nature eſt froid & languiſſant. Il dira que la repréſentation théatrale

& l'action de l'Orateur font sur lui des impressions beaucoup plus fortes & plus vives; enfin, que le ton de la voix, le geste, attirent sans cesse & fixent son attention.

Je conviens de la différence de ces effets : mais, je réponds en même temps que la chose est égale pour les gens habituellement distraits. Soit qu'ils lisent, soit qu'ils voient représenter un drame, ou qu'ils entendent prononcer un discours, leur distraction les suit par-tout. Si la lecture a quelques inconvénients, ils sont rachetés par de solides avantages. Ici, le Spectateur est quelquefois mal placé : l'Acteur parle trop vîte ou peu intelligiblement : là, l'Auditeur vient-il à perdre l'attention, l'Orateur ne s'arrête pas pour le remettre sur la voie; il n'y a plus d'espérance de retour. Les paroles s'envolent, & ce qui n'eſt pas ſaiſi dans l'inſtant eſt totalement perdu. Au lieu que le Lecteur a tellement l'Auteur & l'ouvrage à ſa diſpoſition, qu'il lui eſt aiſé de revenir ſur ſes pas, s'il s'égare; rien ne peut lui échapper.

Outre cela, il eſt à propos de remarquer que le jugement eſt ordinairement plus sûr dans la perſonne qui lit, que dans celle qui écoute. C'eſt la penſée de Quintilien. On s'affectionne quelquefois à l'Orateur par des conſidérations particulieres; on ſe prévient trop en ſa faveur; on ſe laiſſe entraîner aux applaudiſſements qu'une foule d'Auditeurs, peut-être mauvais juges, ne ceſſent de lui prodiguer. Il y auroit une eſpece de honte à être d'un avis différent; & l'on n'a pas le courage de contredire la multitude, ni de refuser un éloge mendié. Ne nous étonnons pas après cela si tant d'ouvrages admirés dans la récitation perdent une grande partie de leur valeur, lorsqu'ils sont lus de sang froid.

Il arrive aussi par un effet opposé, que la premiere impression désavantageuse contre celui qui parle, la vue de quelques-uns de ses défauts naturels, que sai-je, le préjugé, ou l'esprit de cabale & de jalousie, empêchent d'accorder aux meilleurs traits d'un Discours les justes louanges qu'ils méritent.

La Lecture, au contraire, est plus libre, plus tranquille, moins passionnée. Le Lecteur affranchi du respect humain, de la brigue, & de l'impétuosité de l'action oratoire, ne connoiſſant pas même ſouvent l'Auteur de l'ouvrage qu'il lit, en porte un jugement plus équitable, plus ſain & moins ſuſpect. Rien ne le détourne d'examiner de près, de tout peſer avec maturité, de ſentir également les beautés & les imperfections, enfin de relire à pluſieurs fois, ſoit qu'il veuille éclaircir ſes doutes, ſoit qu'il ait deſſein de graver profondément dans ſa mémoire les objets de ſa lecture (*l*). D'ailleurs, je dois ajouter encore qu'on n'eſt pas ſouvent à portée d'aſſiſter à un ſpectacle, à un plaidoyer, à un ſermon, ni à une

(*l*) In lectione certius judicium, quod audienti frequenter, aut ſuus cuique favor, aut ille laudantium clamor extorquet. Pudet enim diſſentire, & velut tacitâ quâdam verecundiâ inhibemur plus nobis credere; cùm interim & vitioſa pluribus placeant. Sed è contrario quoque accidit, ut optimè dictis gratiam prava judicia non referant. Lectio libera eſt, nec actionis impetu tranſcurrit; ſed repetere ſæpius licet, ſive dubites, ſive memoriæ penitùs affigere velis.

Quintil. de inſt. orat. lib. 10. *cap.* 1. *n°.* 2.

séance académique. Un livre est toujours prêt ; il remplace tout cela, quoique inférieurement. On est donc intéressé à rendre par l'attention son usage plus complet. Ceux qui sont sujets à se distraire, doivent s'appliquer plus sérieusement à ce qu'ils lisent.

Voudroit-on dire encore qu'on se dégoûte de la lecture, parce qu'on a la mémoire infidele, & qu'on a trop souvent éprouvé le désagrément de beaucoup lire sans rien retenir de ce qu'on a lu. Certainement, il n'est pas mal-aisé de comprendre que cela doit immanquablement arriver ainsi, dès que la légéreté, l'inapplication du Lecteur le rendent incapable de sentir & de penser avec l'Auteur dont il a les ouvrages devant les yeux.

Ce ſeroit au contraire une choſe ſurprenante que le Lecteur, par un effet bizarre, eût la liberté d'être diſtrait dans le moment de la lecture, & que ſa mémoire lui retraçât enſuite des objets qu'il n'avoit pas ſaiſis. Quoi de plus abſurde que de prétendre ſe reſſouvenir de ce qu'on n'a jamais bien conçu !

Je demeure d'accord toutefois qu'il y a des mémoires foibles, pareſſeuſes, où les idées ſe gravent difficilement. Le plus ſûr parti eſt de les exercer dès la jeuneſſe, ſans les ſurcharger. Lire lentement, & apprendre par cœur ce qu'on lit, c'eſt le moyen de vaincre peu à peu ce défaut de la nature. Au reſte, je puis dire à ceux qui liſent de bonne foi, & avec les diſpoſitions requiſes, que le produit de la mémoire n'eſt pas toujours ſenſible. Tel qui croit ne rien retenir de ſes lectures ; en a digéré la ſubſtance ſans preſque s'appercevoir de cet heureux effet. La lecture habituelle des bons livres développe les germes de la raiſon & du goût. Inſenſiblement le génie s'étend, le jugement meûrit, le cœur ſe forme, & voilà l'eſſentiel.

On ne ſauroit cependant employer trop de travail ni trop de ſoins à cultiver la mémoire, ce dépôt précieux des talents de l'eſprit, & des facultés de l'ame. Il ne faut rien négliger pour l'enrichir & pour le conſerver. Ceux qui ont quelque ſujet de craindre de le perdre doivent veiller attentivement à s'en aſſurer la poſſeſſion, à s'en faciliter l'uſage.

Mais il en coûte trop de ſe contraindre. On veut des plaiſirs tout apprêtés.

apprêtés. On lit à tout hazard : ſans intérêt, ſans goût, ſans ſe mettre en peine du ſuccès. On s'en acquitte négligemment, précipitamment, avec une ſorte d'impatience, comme s'il s'agiſſoit de ſe décharger d'un fardeau incommode.

Je ſerai peut-être accuſé d'avoir outré ces portraits. Néanmoins, il ne manque pas de gens dans le monde qui font ainſi leurs lectures. Ils ſe hâtent d'arriver à la fin d'un livre, pour ſe ſaiſir au plutôt d'un autre; & de cette lecture précipitée il ne leur reſte preſque rien dans l'eſprit. Les idées s'entre-détruiſent par leur concours & par leur multiplicité; il ne réſulte de tout cela que déſordre & confuſion.

Le Lecteur judicieux penſe bien différemment. Lorſqu'il tient un bon livre, il le goûte, il le ſavoure. Plus il avance, plus il craint de le voir finir. Les meilleurs étant les moins communs, plus il eſt ſatisfait de celui qu'il lit, moins il eſpere d'en trouver un pareil.

Mais ce n'eſt pas là l'objet de l'inquiétude de nos Lecteurs avides & volages. Ils ſont plus inconſtants que curieux. Leur plaiſir ne conſiſte pas tant à lire, qu'à changer de livres. Combien ne connoît-on pas de gens qui ne les liſent qu'à moitié ! D'autres n'en voient que le commencement: quelques-uns les prennent par le milieu: il y en a même qui pouſſent la bizarrerie juſqu'à commencer à les lire par la fin.

D'ailleurs, pour le peu qu'ils en liſent, c'eſt preſque toujours ſans attention, avec tiédeur, avec un eſprit dissipé, avec des yeux égarés & distraits. La plupart de ces Lecteurs ne lisent que machinalement. Leur vue se promene sur les signes de la pensée, tandis que leur ame indolente ne pense point, ou qu'elle est occupée de quelque objet étranger. Ils reviennent de leurs distractions comme on se réveille d'un profond sommeil. Leur lecture est un songe qui ne leur laisse que des idées confuses, que le simple souvenir d'avoir lu. On comprend bien que leur unique intention est de chasser l'ennui, de passer le temps où les affaires cessent, & où les plaisirs manquent.

Quelle est donc cette sorte d'amusement ? Ne vaudroit-il pas mieux, pour se récréer avec goût, s'attacher à une bonne lecture, en sucer, pour ainsi dire, l'essence ; lire moins, &

le faire attentivement ? Qu'importe d'avoir tout lu, quand on n'en retient rien ? On reſſemble aſſez à des voyageurs qui font le tour du monde, qui reviennent ſans avoir rien vu, ſans pouvoir rien dire de leurs voyages, ſi ce n'eſt qu'ils ont parcouru beaucoup de pays. L'uſage de quelques livres bien ordonné & ſoigneuſement digéré profiteroit plus que cette ridicule incurſion faite ſur un amas de volumes.

Mais, ſi l'on veut ſe procurer un profit complet, il eſt indiſpenſablement néceſſaire de joindre les réflexions à l'attention. Qu'eſt-ce, en effet, que la lecture ? C'eſt un entretien ſecret où l'eſprit parle au cœur : où le génie interroge la raiſon & l'écoute avec docilité : où la raiſon fait fructifier les germes du génie. C'eſt un commerce d'idées & de ſentiments entre l'Écrivain & le Lecteur. Un livre eſt leur commun truchement. Il expoſe les penſées du premier, & fait naître celles du ſecond. Les livres qui donnent beaucoup à penſer, ſont ſans contredit les meilleurs. Or, pour en tirer la ſubſtance avec plaiſir, avec utilité, il faut néceſſairement ſe rendre compte de ce qu'on y a lu : en faire l'application ſur ſoi-même : joindre les remarques aux réflexions ; & aſſujettir la mémoire à être tributaire du jugement.

Rien n'eſt plus avantageux que de s'accoutumer en liſant, à obſerver, à méditer & à réfléchir. Les bons eſprits découvrent par ce moyen mille choſes curieuſes que le commun des Lecteurs n'apperçoit point. Cependant, on ne ſauroit trop s'exercer à ce genre d'application. Il eſt expédient de chercher à tout voir, s'il ſe peut, dans chaque objet, & de le conſidérer dans tous ſes aſpects pour le mieux connoître. Les réflexions ſucceſſives qu'on en tire ſemblent le multiplier. Les diverſes obſervations que cet examen nous fournit enrichiſſent notre domaine, étendent nos facultés, & augmentent nos plaiſirs.

Plus nous réfléchiſſons ſur ce que nous avons lu, plus nous ſentons l'avantage de lire ſenſément, méthodiquement, plus nous avons d'ardeur pour nous livrer fréquemment à un ſi agréable exercice. Le miniſtere des yeux en fait la méchanique : mais ſa théorie eſt du reſſort de l'entendement. C'eſt lui qui préſide au diſcernement & à la diſcuſſion des idées que l'imagination développe, &

dont la mémoire conserve le dépôt.

La meilleure maniere de lire dépend donc du concours de ces trois opérations. La raison ainsi éclairée vient ensuite en recueillir les fruits & en indiquer le louable usage dans les différentes circonstances de la vie.

Il est bon d'user de la lecture comme de la conversation. Je sors d'avoir une entrevue avec un homme d'esprit qui a le talent de la parole, & qui sait beaucoup de choses; son entretien m'a charmé, mais le plaisir qu'il m'a fait seroit passager & infructueux, si je ne cherchois, après l'avoir quitté, à me rappeller ce qu'il a dit. Il ne suffit pas même de m'en souvenir, je dois encore en faire l'objet de mes méditations & de mes recherches.

Vous venez de vous entretenir

avec un homme d'affaires, ſur une queſtion qui vous intéreſſe. Vous avez admiré ſa pénétration, ſon habileté, ſon expérience. Il a gagné votre confiance & votre eſtime par ſes bons conſeils. Mais, à quoi vous ſerviroient-ils, ſi vous ne retenez ce qui s'eſt dit dans cette conférence, ſi vous ne réfléchiſſez mûrement ſur les points eſſentiels, ſi vous n'en faites la regle de vos ſentiments, de vos démarches, & de votre conduite?

La même choſe doit s'obſerver dans la lecture, quand même elle n'auroit pour but que la récréation. Pourquoi employer inutilement ſon temps & ſon attention à cet exercice? N'eſt-il pas agréable de pouvoir s'occuper long-temps de ce qu'on a recueilli & goûté dans une heure de lecture ? C'eſt faire durer ſon plaiſir. Au lieu de s'en tenir à la ſuperficie d'un ouvrage d'eſprit, il faut ſe plaire à en pénétrer le méchaniſme & les principes : ſe faire ſouvent cette queſtion : Qu'a voulu dire cet Auteur ? Quel eſt ſon but, ſon plan ? S'il affecte de le voiler, rien n'eſt plus amuſant que de chercher à lui dérober ſon ſecret.

Qu'y a-t-il de plus intéreſſant à lire que les Aventures de Télémaque ? Tout y eſt attrayant, & inſtructif. Mais, après y avoir admiré l'élégance du ſtyle, la ſolidité des maximes, il ne faut pas borner là le fruit de cette lecture, ni s'imaginer qu'on n'a lu qu'un roman. Il convient de découvrir ſous l'écorce d'une fiction ingénieuſe l'intention de l'Écrivain. C'eſt le véritable Mentor, qui veut former le cœur d'un jeune Prince, & l'exercer à toutes les vertus qui caractérisent les grands Rois.

Il en est de même de tous les livres, sur-tout de ceux qui sont allégoriques. Le plus utile, le plus satisfaisant emploi qu'on puisse faire de tous, quels qu'ils soient, est de se mettre à la place des Auteurs, de démêler les vues qu'ils se sont proposées, d'observer les moyens qu'ils ont pris pour réussir, de s'incorporer, pour ainsi parler, avec eux, en adoptant leurs sentiments, leurs affections, & leurs systêmes.

Cette maniere de lire est une sorte de nourriture spirituelle qu'il faut ruminer long temps pour en extraire des sucs plus salutaires & plus exquis. Mais, si cette pratique bien observée suffit pour guider & pour satisfaire le goût des Lecteurs qui ne cherchent que le ſimple délaſſement, il faut, outre cela, tracer une méthode plus exacte, plus réguliere pour diriger avec ſuccès ceux qui s'adonnent à une étude ſérieuſe.

SECONDE PARTIE.

LA Lecture eſt la ſource la plus féconde de la Science. Les enſeignements que les maîtres nous donnent de vive voix, ſe réduiſent à quelques principes élémentaires. Les regles verbalement preſcrites ne font guere autre choſe que nous mettre dans la voie de l'étude ; elles ne peuvent que nous indiquer les moyens d'exercer avec plus de facilité notre génie & nos talents. Ainſi, cette inſtruction préliminaire une fois reçue, il faut avoir recours aux livres, qui confirment la tradition des préceptes par l'expoſition des exemples. Les livres ſont des armes dont il eſt néceſſaire de ſe munir avant que d'entrer dans la lice, & ſans leſquelles on ne ſauroit triompher de l'ignorance ni de l'erreur.

Mais ces armes ne ſont pas toutes victorieuſes. Il y en a d'inutiles : leur trop grand nombre nuit plutôt qu'il ne ſert, & quelques-unes ſont d'un uſage dangereux ; elles bleſſent ſouvent ceux qui les manient. Il importe donc d'en faire un judicieux diſcernement. En effet, ſi l'on conſeille de choiſir avec ſoin les livres deſtinés à la récréation, à plus forte raiſon doit-on ne rien négliger lorſqu'il s'agit du choix de ceux qui ont pour objet l'inſtruction & l'étude.

Or, il convient d'obſerver deux choſes dans le choix des livres, c'eſt-à-dire, leur qualité & leur quantité : faire l'élite des meilleurs, des plus utiles, & en borner le nombre avec diſcrétion aux termes de la convenance

& du beſoin. Delà dépend tout le fruit qu'on ſe propoſe d'en recueillir.

Leurs qualités ſe diviſent encore en deux claſſes : les bons livres qu'il faut préférer dans chaque genre de littérature ; & les livres ſpécialement réſervés à la partie littéraire qu'on veut cultiver.

L'homme ne peut pas tout apprendre ni tout approfondir. Son intelligence n'eſt pas univerſelle ; ſes talents ſont bornés dans leur nombre comme dans leur étendue. Il ne devient ſavant qu'à force de temps & de travail ; & encore ſa vie eſt trop courte, pour qu'il puiſſe arriver à quelque perfection dans une ſeule ſcience (*m*). Il faut donc qu'il opte

(*m*) ὁ βίος βραχὺς, ἡ δὲ τέχνη μακρή.
Hippocr. Aphor. 1.

entre plusieurs talents ; ou plutôt qu'il s'attache à celui qui se manifeste en lui par l'indication rarement trompeuse de la nature ; & par conséquent qu'il se détermine à un plan de lectures conforme à son goût particulier, au caractere de son génie, à ses facultés, à son état, & au genre de connoissances qu'il peut acquérir.

Observons néanmoins qu'autant il est aisé de faire sentir l'importante nécessité d'un pareil choix, autant il seroit difficile d'en prescrire à chacun la méthode en détail, pour ce qui concerne la qualité de la seconde espece. On ne peut pas citer ici nommément chaque Auteur, ni indiquer les bonnes éditions de leurs ouvrages ; (ce seroit faire un catalogue) ni établir sur ce point aucune regle générale. Il est plus sûr pour les perſonnes qui ſe conſacrent aux exercices du cabinet, de prendre l'avis de gens habiles & expérimentés. Nous avons d'excellents traités ſur toutes les matieres ; & l'on comprend aiſément l'intérêt qu'on a de s'adreſſer à ceux-là par préférence. Mais, nous ne ſaurions trop inſiſter ſur celle qui eſt due aux livres néceſſaires à la profeſſion que chacun exerce dans la ſociété civile ; livres que nous pouvons appeller les livres de l'état. C'eſt à ceux-là qu'il faut ſpécialement s'attacher. On conçoit aiſément que ceux qui traitent de Juriſprudence ou de politique ne conviendroient pas à un Phyſicien, ni à un Géometre : & que la bibliotheque d'un Poëte ou d'un Orateur, n'eſt point celle d'un Théologien.

Cependant il y a de certains livres qu'on

qu'on peut & qu'on doit conſeiller généralement, & qui ſont propres à tout le monde. J'en diſtingue deux ſortes: les livres qui traitent de la religion, & ceux qui concernent la morale. L'Écriture Sainte eſt à la tête des premiers. C'eſt le livre divin, le livre par excellence, en comparaiſon duquel tous les autres livres diſparoiſſent. C'eſt une lecture toute céleſte, mais qui exige des précautions reſpectueuſes, des réſerves prudentes, des diſpoſitions de pureté de cœur & de docilité d'eſprit dont les gens du ſiecle ſont peu capables. Il ſeroit néanmoins à deſirer que perſonne n'en fût exclus; qu'on pût permettre à chacun de fortifier ſon ame par cette nourriture ſurnaturelle, à l'uſage de laquelle nous ſommes invités par ces paroles remarquables: *Comede volumen iſtud.*(*n*)

On y trouve tout : l'eloquence majeſtueuſe, la poéſie ſublime, l'hiſtoire la plus vraie, la philoſophie la plus épurée, la doctrine la plus ſalutaire (*o*). A la ſuite de ce livre incomparable viennent les traités de Théologie, les écrits des Peres de l'Égliſe, & des Commentateurs: enfin, les ouvrages aſcétiques faits pour établir les maximes du Chriſtianiſme, & pour nourrir la piété : ouvrages dont le nombre eſt conſidérable, & dont le choix doit être ſubordonné à l'autorité eccléſiaſtique.

Des éléments de la foi dérive la regle des mœurs. C'eſt la véritable ſcience de l'homme, digne de l'application de tout l'homme. Quel que

(*n*) *Ezech. lib. III. v.* 1. *Apoc. cap. X. v.* 19.

(*o*) Innumerabiles libri, una lex, unum Evangelium . . . . Etiam in uno libro multi ſunt. *Div. Hieron.*

ſoit l'objet de ſes études, la morale doit en être le principe & la fin. Les moyens qu'il prend pour s'exercer dans l'art de penſer, de parler & d'écrire, tous les ſyſtêmes de la philoſophie ſerviroient vainement à développer, à étendre les lumieres de ſon eſprit, ſi elles ne le conduiſoient à connoître les ſecrets mouvements de ſes paſſions, à épurer les ſentiments de ſon cœur. Quel avantage trouveroit-il à tout ſavoir, tandis qu'il s'ignoreroit lui-même?

Cette importante connoiſſance eſt donc le but où tous les autres arts doivent aboutir. Le bonheur de l'homme, le bien de la ſociété en ſollicitent la culture. C'eſt pourquoi tous les Philoſophes nous recommandent ſi expreſſément l'uſage des livres moraux. Attachons-nous préférablement à ceux où nous trouvons la peinture fidele de nos défauts, de nos passions, de nos ridicules avec leurs correctifs : ces livres qui nous conviennent si bien, que nous serions tentés de croire qu'ils n'ont été faits que pour nous seuls. C'est à ceux-là sur-tout que les Maîtres des mœurs nous renvoient.

» Je ne fixe point le temps que » vous devez mettre à étudier, disoit » Séneque, mais je vous exhorte à » tourner du côté de la morale tout » le fruit de vos lectures. » *Quominus legas non te deterreo, dum quidquid legeris, ad mores statim referas* (p). Il n'y a même guere de livres dont un esprit sain & studieux ne puisse tirer cet avantage (q). Rien n'égale

(p) *Senec. in Epist.*

(q) Ut apes ex floribus nihil aliud sumunt præter odorem & colorem : sic decet studiosos ex poetarum lectione ea tantùm cependant l'utilité de ceux qui traitent principalement des devoirs indiſpenſables de l'humanité. » Entre les » Docteurs que vous voulez conſulter, » dit Horace, donnez la préférence » aux moraliſtes dont la doctrine » renferme d'excellents préceptes » pour la conduite de la vie (*r*). »

Oui, c'eſt-là le point eſſentiel. Il s'agit de vivre en paix avec ſoi & avec les autres. Ce ſeroit une vanité Stoïque que de ſe borner à la connoiſſance de ſoi-même : que de ſe concentrer dans ſon propre intérieur. L'homme n'eſt pas né pour lui ſeul ; mais pour ſe rendre utile à ſes ſemblables. Une philoſophie purement

quæ ad mores formandos conferunt, ex ſpurciſſimis fabulis colligere.
Pius Pontif. Epiſt. 412.

(*r*) Inter cuncta leges & percontabere doctos
Quâ ratione queas traducere leniter ævum.
Horat. lib. 1. *Epiſt.* 18. *v.* 96.

contemplative eſt ſtérile ; il faut y joindre la philoſophie agiſſante. Qu'eſt-ce, en effet, que l'art de bien raiſonner, & de bien dire, s'il ne mene pas à celui de pratiquer & de bien faire? Tel eſt l'unique but légitime de toute étude; ce n'eſt que pour y atteindre, qu'il eſt permis de s'exercer dans les ſciences & dans la littérature.

Les livres ſont les inſtruments propres à ce noble exercice. Il eſt important de choiſir les meilleurs, & de s'accoutumer dès la jeuneſſe à en faire uſage. L'habitude de la lecture priſe de bonne heure donne de l'expérience, forme le goût, & inſpire le bon choix des livres. Ceux que fournit la ſavante Antiquité contiennent, ſur toutes les matieres, des tréſors de ſcience & d'érudition. C'eſt là qu'on puiſe la ſolidité des maximes, avec la délicateſſe attique, & l'urbanité Romaine (*ſ*). Quiconque aſpire à obtenir le prix que les Muſes décernent à l'étude, ne doit lire que les écrits capables d'éclairer l'eſprit, de ſatisfaire la raiſon, de réformer le cœur; des ouvrages enfin dignes d'être retenus dans la mémoire, & qui par leur excellence méritent d'être imités (*t*). On trouve auſſi dans les Auteurs modernes des modeles qu'il eſt utile de ſe propoſer. L'émulation qu'ils excitent ſuffit pour faire leur éloge.

A la qualité bien choiſie nous ajouterons la quantité judicieuſement

(*ſ*) Interea muſis animus dum mollior, inſta:
Et quæ mox imitere, legas; nec deſinat unquam
Tecum graïa loqui, tecum romana vetuſtas.
Antiquos evolve duces.
Claud. de IV. conſ. Hon. v. 396.

(*t*) Ardua ſemper
Præmia muſarum cupias . . . .
Perlege quodcumque eſt memorabile.
Auſon. Eidyl. IV. v. 42.

déterminée. Ce n'eſt jamais la multiplicité des livres qui fait les Savants. Elle eſt ſouvent plus nuiſible que profitable. Le plus ſûr parti eſt de ſuivre cette maxime ſi connue : *Lege multùm, non multa.* Ecoutons les conſeils que la Sageſſe donne ſur ce ſujet à ſon diſciple : *Un bon choix une fois fait*, lui dit-elle, *ne recherchez rien davantage, mon fils, il n'y a point de fin à multiplier les livres. His amplius, fili mi, ne requiras. Faciendi plures libros nullus eſt finis* (*u*). Leur nombre devient immenſe. La république des Lettres en eſt inondée. La démangeaiſon d'écrire les reproduit ſans ceſſe. La curioſité, la fantaiſie les raſſemblent ; & la plus longue vie, le plus aſſidu travail ſuffiroient à peine pour en connoître la moindre

(*u*) *Eccl. cap.* 12, *v.* 12.

partie. Effectivement, on ne peut pas tout lire. Quand même on se borneroit à un seul genre, l'abondance des meilleurs livres auroit des inconvénients.

Lorsqu'on consulte un trop grand nombre de Docteurs, on finit par n'avoir aucun avis. Il y a tant de diversité dans les opinions des hommes, tant de contradictions dans leurs sentiments, qu'on ne conclurroit jamais rien, s'il falloit allier tous les suffrages pour en tirer une décision. Chacun a sa maniere de concevoir & de s'expliquer. Chacun a son systême & sa méthode. La difficulté est de bien choisir. Le danger est de s'arrêter à tout, & de tout adopter.

Il en est des livres comme des amis. Les bons sont rares, mais quand même ils seroient tous excellents, penſeroit-on qu'il fût expédient d'en avoir beaucoup, & poſſible de les tous cultiver ? On ne s'attacheroit intimement à aucun ; ou l'on tomberoit néceſſairement dans le cas des préventions bizarres & des prédilections injuſtes. Tel eſt l'effet de ces lectures trop multipliées, & de la trop grande variété des études.

L'homme eſt extrême en tout. Il ne connoît point de milieu entre l'indolence de l'oiſiveté & la manie de tout entreprendre. C'eſt le goût de notre ſiecle & de notre nation, que d'ambitionner cette généralité de connoiſſances, inacceſſible au génie humain. Tel s'eſt deſtiné au Barreau, qui veut auſſi cultiver les Sciences abſtraites, & les Arts élégants. Tel autre, admis aux plus ſérieux emplois, & chargé des fonctions les plus importantes, se livre à des lectures étrangeres à son état. Il cherche à devenir tout à la fois Astronome, Antiquaire & Méchanicien. Il dérobe à ses occupations de devoir le temps qu'il met à étudier des traités d'Algebre ; de Chronologie & de Physique.

Ainsi l'on s'empresse de tout connoître & de tout lire. On rassemble les ouvrages de chaque genre. Livres de Géométrie, de Belles-Lettres, d'Anatomie, de Métaphysique, de Médecine, de Jurisprudence, de Théologie & d'Agriculture, tout est confondu. Le cabinet d'un particulier pourroit servir de bibliotheque publique. A ce prodigieux mêlange de livres on ne reconnoît ni son talent ni sa profession. Faut-il après cela s'étonner s'il y a si peu d'études approfondies,

& tant d'eſprits ſuperficiels? Seroit-on reçu à ſe plaindre de la briéveté du temps, puiſqu'on ſe plaît à le prodiguer, à le partager entre des occupations ſi diſparates ?

Séneque avoit raiſon de dire en général ce que nous pouvons appliquer à une lecture déſordonnée, dans laquelle on ne ſait ſe former aucun plan, ni ſe propoſer aucun but : » conſi- » dérons, dit ce Philoſophe, la conduite » des hommes. Les uns s'acquittent » mal de ce qu'ils font, les autres ne » font rien, & preſque tous font autre » choſe que ce qu'ils devroient faire. *Si volueris attendere, magna vitæ pars elabitur malè agentibus, maxima nihil agentibus, tota aliud agentibus* (x).

La curioſité s'amuſe à tout ſaiſir au premier coup d'œil : & l'abondance

(x) *Senec. Epiſt. I. ad Lucil.*

des objets fait qu'on ne ſe fixe à rien. » Il y a des gens, dit Aulu-» Gelle, qui liſent beaucoup. Ils ſe » jettent avec ardeur ſur tout ce qui » ſe préſente à eux. On diroit, à les » voir parcourir avec précipitation » un grand nombre de volumes, » qu'ils ne ſe propoſent d'autre deſſein » que d'en ôter la pouſſiere. Mais, » qu'arrive-t-il dans ces lectures ſi » diverſifiées ? L'eſprit eſt rebuté » par la fatigue & par la laſſitude, » avant qu'on ait pu trouver quelque » choſe qui ſoit agréable ou avanta-» geux à lire, & qu'on puiſſe ſe ſou-» venir utilement d'avoir lu (*y*).

Je conviens que ſi le choix des

(*y*) Illi multa & varia lectitantes in quas res cumque inciderant ſolam copiam ſectati converrebant: quibus in legendis ante animus ſenio atque tædio languebit, quàm unum alterumve repererit, quod ſit aut voluptati legere, aut cultui legiſſe, aut uſui meminiſſe.
Aul. Gel. in Præf.

livres bien déterminé eſt le fondement des bonnes études, il eſt néceſſaire auſſi d'en tempérer l'uniformité & la ſéchereſſe, d'en éviter le dégoût par quelques variétés. Mais ces exceptions une fois accordées, il faut en revenir à la regle, & dire avec aſſurance que la multitude des livres eſt à charge. On peut les varier quelquefois par forme de délaſſement, & jamais par habitude de diſtraction, ou de légéreté. On n'apprend rien quand on veut tout ſavoir (z).

Diogene Laërce rapporte qu'Ariſtippe voyant un homme faire parade d'érudition, & d'une immenſe lecture, lui dit, » Comme ceux qui mangent

(z) Lectio certa prodeſt, varia delectat. Multitudo librorum onerat, non inſtruit, & ſatiùs eſt paucis auctoribus te tradere quàm errare per multos.

Senec. Epiſt.

Πολυμαθίη νόον οὐ διδάσκει.

Heracl. apud Gell.

» trop ne ſe portent pas ſi bien que » ceux qui ſe contentent des aliments » néceſſaires, ainſi ceux qui dévorent » beaucoup de livres ſont ſouvent » moins ſtudieux, & moins ſavants » que ceux qui ſe bornent à une » lecture choiſie & modérée (*aa*).

Pline fait à ce ſujet une autre comparaiſon, comme Naturaliſte : » La terre, dit-il, s'épuiſe faute » d'engrais; mais auſſi leur exceſſive » quantité la brûle, au lieu de la fer- » tiliſer. Il vaut donc mieux lui » donner cette culture avec modé- » ration, & y revenir à pluſieurs » fois. Ainſi, la lecture deſtinée à » nourrir & à faire fructifier l'eſprit, » non à le diſſiper ni à le ſurcharger, » doit être aſſidue & réglée, ſans

(*aa*) Ὥσπερ οὐχ οἱ τὰ πλεῖστα ἐσθίοντες ὑγιαίνουσι μᾶλλον τῶν τὰ δέοντα προσφερομένων, οὕτως οὐχ οἱ πολλὰ, ἀλλ' οἱ χρήσιμα ἀναγινώσκοντες εἰσὶ σπουδαῖοι. *Laërt. lib. II. cap. 8.*

» être trop vague, trop avide, ni » trop ambitieuſe (*bb*). »

Rien n'eſt donc plus important dans la méthode de lire & d'étudier que cette ſorte de tempérance & de diſcrétion. C'eſt à la raiſon & à la prudence de mettre des bornes à ces exercices avant que le dégoût ſurvienne, & pour éviter de rendre nuiſible & blâmable ce qui eſt en ſoi auſſi louable qu'utile (*cc*). Comme il y a des eſprits qu'il faut exciter, il y en a d'autres qu'il eſt bon de retenir. Ceux qui enſeignent l'éprouvent tous

(*bb*) Ager nimiùm ſtercoratus aduritur : non ſtercoratus alget. Ita moderatâ lectione vegetandum erit ingenium. Nam lectione ſaginatur animus non aliter quàm arvum ſtercore .... Sicuti utilius eſt crebrò ſtercorari agrum, quàm multùm : ita plures habet fructus aſſidua lectio quàm avida.

Plin. lib. XVIII. cap. 23.

(*cc*) Sit ipſa lectio temperata, cui finem conſilium, non laſſitudo imponat .... Studium intemperans lectionis in reprehenſionem cadit, & quod laudabile eſt in genere ſuo, fit nimietate culpabile.

Div. Hieron. ad Demetr. Virg.

tous les jours ; & l'habileté des Maîtres consiste à employer selon le besoin, le frein & l'éperon. Ainsi en invitant à l'usage de la lecture, nous devons aussi insister sur les précautions qu'il convient d'y apporter.

Le desir d'apprendre a ses dangers comme ses avantages. Il n'est suivi de quelques succès, qu'autant qu'il est sagement réglé. C'est pourquoi il importe de fixer le temps de l'étude, de s'y rendre assidu, & de s'en retirer à propos. Quand on la quitte avec regret, on y revient avec une nouvelle ardeur, & un nouveau plaisir.

Séneque disoit à un jeune homme dans une de ses lettres : » Ce que j'ai » actuellement de plus pressant à » vous écrire concerne le plan & » l'ordre de vos études. Dans la » crainte où je suis que cette ambition

» de ſavoir, dont je vous vois enflammé, ne ſoit un obſtacle qui vous empêche d'y parvenir, je vais vous donner quelques conſeils que le zele m'inſpire. Défiez-vous de toute inſtruction priſe au hazard, de toute lecture trop variée, trop rapide, & trop légere. Gardez-vous de tout envahir. On n'arrive au but que par degrés. Il faut meſurer à ſes forces le fardeau qu'on veut porter; & ne s'occuper que des choſes auxquelles on peut ſuffire. Conſultez donc plutôt l'étendue de vos facultés que celle de vos deſirs. Car plus l'eſprit reçoit d'impreſſions de différents objets, plus il ſe partage, & plus il ſe relâche (*dd*). »

(*dd*) Illud tamen priùs ſcribam quemadmodum tibi iſta cupiditas diſcendi, quâ flagrare te video, dirigenda ſit, ne ipſa impediat. Nec paſſim carpenda ſunt, nec

Ces avis, en effet, ſont fondés ſur l'expérience & dictés par la raiſon. Un torrent groſſi par la ſuperfluité des eaux, inonde un champ & ne le rend pas fertile. Il ravage les terres, il entraîne la ſemence, il répand par-tout la ſtérilité & le déſordre. L'heureuſe fécondité n'eſt due qu'à une douce roſée, à une de ces pluies ſalutaires qui facilitent & récompenſent le travail du cultivateur.

Si la ſanté du corps ne prend pas ſa ſource dans l'abondance des aliments, mais dans la bonne digeſtion des plus ſolides, des plus ſimples, & des moins variés : de même la Science ne s'acquiert point par la confuſion

avidè invadenda univerſa. Per partes pervenitur ad totum. Aptari onus viribus debet, nec plus occupari quàm tibi ſufficere poteſt. Non quantùm vis, ſed quantùm capis, hauriendum eſt. Quò plus recipit animus, hòc ſe magis laxat.

Senec. Epiſt.

ni par le mêlange désordonné des idées, mais par le soin d'en recueillir un petit nombre des plus excellentes, des plus fécondes, des plus lumineuses, & par une application constante à les développer, à les approfondir(*ee*). Il vaut mieux enfin lire moins, & réfléchir beaucoup, méditer long-temps sur ce qu'on a lu.

Voilà ce que c'est qu'une lecture méthodique & bien digérée. Il faut y employer du travail & une certaine contention d'esprit. Sans cela, le bon choix des livres, & leur destination la plus légitime sont des précautions

(*ee*) Non valet optimè qui multa comedit, sed qui mediocria bene concoquit: nec est doctissimus qui multa legit, sed qui vel modica penitus scrutatur, ac funditus perpendit.

Thriver. Apopht. 56.

Repetamus autem & tractemus, & ut cibos mansos ac prope liquefactos dimittimus quò faciliùs digerantur: ita lectio non cruda; sed multâ iteratione mollita & velut confecta, memoriæ, imitationique tradatur. *Quintil. Inst. lib. 10. cap. 1.*

infructueuſes. De toutes les diſpoſitions favorables à la lecture, l'attention eſt ſans contredit la plus néceſſaire, la plus indiſpenſable. Puiſqu'on l'exige pour les livres de pur délaſſement, combien n'en doit-on pas apporter en liſant des traités de ſcience, des ouvrages d'érudition? Ce qui n'étoit qu'un conſeil dans le premier cas devient un précepte rigoureux dans le ſecond. Lire pour s'amuſer, ce n'eſt que lire; au lieu que lire pour l'inſtruction ſérieuſe, c'eſt étudier. Or il eſt aiſé de comprendre ce que ſeroit l'étude faite ſans attention. Suffiroit-il de tracer par des ébauches légeres ce qu'il s'agit de peindre vivement? En vain découvriroit-on des vérités importantes, ſi l'on ne travailloit enſuite à ſe les inculquer avec ſoin.

D'ailleurs, ne nous y méprenons

pas. Les livres d'étude ne ſont pas familiers comme ceux de l'uſage ordinaire. La plupart étant écrits en Grec ou en Latin, d'autres, quoique François, étant abſtraits par leurs matieres & par leur ſtyle, on peut juger ſi une pareille lecture ſe fait à la volée, & ſi elle ne demande pas une mûre & courageuſe application.

Je ſais qu'il y a des eſprits diſtraits & naturellement diſſipés. Mais, les perſonnes de ce caractere qui ſe conſacrent aux fonctions de la littérature, doivent s'appliquer de bonne heure à dompter ces évagations, & cette légéreté, à fixer leur imagination ſur des objets intéreſſants, & à contracter inſenſiblement l'habitude d'une occupation ſtable & réfléchie. C'eſt le travail le plus important qu'on puiſſe entreprendre.

Quel fruit n'a-t-on pas lieu de ſe promettre d'une lecture faite attentivement? Quel goût, quel attrait n'y trouve-t-on pas? Rien ne ſe perd; on ne laiſſe rien échapper. Le ſoin de conſerver cette direction attentive eſt bien moins pénible que les ſurpriſes, & les égarements de la diſtraction. Quand on a perdu le fil & l'enchaînement des idées, il faut pour le reprendre, retourner en arriere; le temps s'écoule, & l'on recule bien loin d'avancer. Au lieu que le Lecteur attentif s'unit par goût, par affection à l'Ecrivain & à ſon ouvrage. Il raiſonne avec Platon & Plutarque, il meſure avec Euclide, médite & calcule avec Newton, ou s'échauffe avec Démoſthene, s'enflamme avec Cicéron, s'éleve avec Pindare & Rouſſeau. Quel que ſoit l'objet de ſa lecture, il ſe tient toujours à côté de l'Auteur. Il ſuit ſes mouvements. Il obſerve ſa marche. Il croit ſouvent le voir & l'entendre : il prend envie de lui répondre. O le doux commerce que celui-là ! Qu'il a de charmes, qu'il offre d'avantages à un eſprit appliqué, à un cœur ſuſceptible de ſentiments !

En effet, un bon livre eſt un tréſor qui tient lieu de tout : qui ſuffit pour ſatisfaire à tous les beſoins de l'ame, pour faire naître tous ſes plaiſirs. L'Auteur de ce livre eſt un Maître habile qui vous inſtruit, qui vous excite à penſer, qui éclaircit vos doutes, qui vous aide à arracher les ronces & les épines de l'étude, qui vous enſeigne à cueillir, à aſſortir les fleurs de la littérature, & qui vous en fait goûter les fruits. Il vous ouvre les ſources d'une doctrine pure ; il vous éleve par degrés à des vérités ſublimes. Ses préceptes ſont ſoutenus par des preuves ſenſibles, par des exemples mémorables. Mais, il exige pour la récompenſe de tant de ſoins que vous coopériez à ſes vues par les diſpoſitions d'un eſprit docile & attentif.

Cet Auteur eſt un Médecin expérimenté & compatiſſant, qui connoît les foibleſſes & les infirmités de votre ame. Il peut la préſerver ou la guérir de l'ignorance qui la déshonore, & de l'erreur qui la ſéduit. Il veut inſinuer l'huile & le baume de la ſageſſe dans les plaies les plus cachées & les plus profondes de votre cœur, pour en adoucir les paſſions, & en épurer les ſentiments.

Les antidotes qu'il vous a préparés ont un effet puiſſant contre le poiſon mortel de l'ennui, contre les dangers de l'oiſiveté. Mais, tous ſes remedes ſont inutiles, ſi vous n'écoutez ſes conſeils avec attention, ſi vous ne les exécutez exactement.

C'eſt un ami qui a tous les caracteres de la véritable amitié. Zélé & généreux, il ne deſire que votre avantage & votre perfection; ſincere, il ne vous diſſimule point la vérité qui vous eſt utile. Il vous communique ſans réſerve toutes ſes penſées. Tendre & affectueux, il vous conſole des amertumes du chagrin, des injures de la fortune, & vous précautionne contre les écueils du plaiſir & de la proſpérité. Diſcret & complaiſant, il ne vous eſt jamais à charge. Il prend vos moments, &

ménage juſqu'à vos fantaiſies. Vous le quittez, vous retournez à lui quand il vous plaît. Conſtant & fidele, il ne change point; vous le retrouvez toujours le même, jaloux de votre confiance & diſpoſé à vous ſervir. Libéral & déſintéreſſé, il vous donne tout ce qu'il poſſede. Il n'aſpire qu'à vous enrichir de ſes acquiſitions & de ſes découvertes. Que dis-je ? il porte ſon zele juſqu'à vous nourrir de ſa ſubſtance. Il tend à s'unir intimement à vous, & à vous attirer à lui. Le ſeul prix qu'il mette à votre reconnoiſſance, eſt que vous vous occupiez utilement de ſes dons, que vous profitiez de ſes avis.

C'eſt un guide aſſuré qui vous introduit ſur la ſcene du monde, & qui pour votre inſtruction vous montre les hommes ſous leurs différents aſpects : qui tantôt vous fait connoître votre propre patrie, & vous apprend à remplir les devoirs de la ſociété; & tantôt vous conduit dans des terres étrangeres, & vous aide à découvrir des pays inconnus. S'il vous mene quelquefois par des voies eſcarpées & raboteuſes, il vous ſoutient, & ranime votre courage. Il le récompenſe bien par toutes les merveilles de la nature & de l'art qu'il vous fait remarquer, par les réflexions qu'il vous inſpire; & le plaiſir du retour vous laiſſe à peine le ſouvenir de vos fatigues. Votre conducteur bienfaiſant ſe plaît à ſemer des fleurs ſur vos pas. Il borde votre chemin de pierres précieuſes. Concevez donc l'intérêt que vous avez de vous attacher à lui, de marcher toujours à ſes côtés, pour jouir des avantages de ſa compagnie, & pour ne pas vous égarer.

Mais, comme on eſt naturellement porté à parler de ce qu'on a vu, à raconter les périls qu'on a évités, & les conquêtes qu'on a faites, vous trouverez dans ce guide affectionné un garant ſûr, un témoin grave & irréprochable que vous pouvez citer avec honneur, dont l'autorité reſpectée donnera plus de poids & de crédibilité à vos récits, & à vos aſſertions.

Diſons quelque choſe qui flatte encore plus le Lecteur. Tous ces Auteurs qui, à votre égard, exercent ſi utilement tant de différents miniſteres, qui vous ont conſacré leurs veilles, qui vous éclairent de leurs lumieres, qui vous font confident de tous leurs ſecrets, ces mêmes Auteurs dignes d'être vos maîtres à tant de titres, vous choiſiſſent cependant pour leur Juge. Ils deviennent volontairement vos clients & vos tributaires. Ils recherchent votre eſtime & votre approbation, & craignent moins de votre part la cenſure que l'indifférence. En ſe ſoumettant ainſi à votre critique, ils vous rendent un nouveau ſervice. Leur deſſein eſt d'exercer votre jugement, d'éprouver votre goût; & cette diſcuſſion n'eſt pas le moindre fruit de la lecture. Il eſt expédient d'apprendre à bien juger, afin de ſavoir bien faire. La méthode de lire avec examen accoutume à ſentir finement, à diſtinguer l'excellent du médiocre, & le ſolide du frivole.

Tels ſont les ſecours & les avantages que les bons livres ne manquent jamais de procurer aux Lecteurs attentifs & ſtudieux. Cependant, ce n'eſt pas tout encore. Une lecture faite attentivement ne peut que préparer l'homme d'étude à un exercice plus laborieux & plus eſſentiel. Il eſt queſtion de ſe rendre compte de la lecture, de l'appliquer au genre littéraire qu'on ſe propoſe d'embraſſer. Il s'agit enſuite de mettre en œuvre les idées que cette lecture a ſuggérées & les matériaux qu'elle a fournis.

Juſqu'ici nous avons obſervé les abus qu'on fait des livres ; nous avons tracé quelques méthodes pour en uſer avec diſcernement & avec utilité ; il eſt temps de paſſer de la théorie à la pratique. Tout le fruit d'une lecture choiſie & réglée conſiſte à apprendre ce qu'on ne ſavoit pas, à méditer ſur ce qu'on a appris, à en faire un bon uſage pour ſoi &

pour les autres. Toute étude qui ne se dirige pas à ces trois objets, est vaine & chimérique (ff).

L'homme de Lettres ne lit point comme le reste des hommes. Il pese tout, il met tout à profit. Soit qu'il s'adonne au métier d'écrire, soit qu'il se borne à une étude purement spéculative, il fait ses lectures en observateur & en bon critique. Tout ce qu'on peut exiger des gens du monde est qu'ils se souviennent de ce qu'ils lisent ; mais le littérateur doit joindre aux fonctions de la mémoire les opérations du jugement, & les productions du génie.

Sa méthode ordinaire est de lire, la plume à la main ; d'extraire ce

(ff) Omnis profectus ex lectione & meditatione procedit. Quæ enim nescimus lectione discimus, & quæ didicimus, meditatione conservamus.

Isid. de sum. bon. lib. 3.

qu'il

qu'il trouve de bon, & d'y ajouter ſes remarques. Cette pratique eſt très-utile. Elle ſoutient la mémoire, y grave plus profondément les idées; & par ſon moyen la lecture fait une plus heureuſe, une plus forte impreſſion ſur l'eſprit. Il eſt même ſoulagé des peines de l'étude par cette alternative d'opérations. Le plaiſir de mettre par écrit les penſées qu'un bon livre inſpire, ou les obſervations qu'il occaſionne, dédommage de l'application qu'exige la lecture. Un travail délaſſe de l'autre. *Amant alterna camenæ* (*gg*). Cette variété garantit de l'épuiſement, ou du dégoût. Tout fructifie, & rien n'eſt perdu (*hh*).

(*gg*) *Virg. Eclog. III. v.* 59.

(*hh*) Alit lectio ingenium, & ſtudio fatigatum non ſinè ſtudio tamen reficit: nec ſcribere tantùm, nec legere debemus. Altera res conſternabit vires, & exhauriet,

Une autre bonne méthode eſt de relire ſouvent les excellents écrits, plutôt que de ſe tourner vers d'autres qui ne les valent pas. Ce qui a échappé à une premiere lecture ſe découvre dans une ſeconde. D'ailleurs, le caractere diſtinctif des meilleurs ouvrages eſt une ſorte de fécondité lumineuſe qui ſemble s'y reproduire ſans ceſſe, & qui offre aux eſprits contemplatifs & pénétrants des principes inépuiſables, des idées toujours nouvelles. On ne ſe laſſe jamais de ce qui eſt beau, parce qu'il a toujours droit de plaire. Ainſi, une lecture exquiſe & inſtructive ne ſauroit être trop répétée. On ne ſent jamais mieux

altera ſolvet ac diluet. Invicem hoc & illo commutandum eſt : & alterum altero temperandum ; ut quidquid lectione collectum eſt, ſtylus redigat in corpus.

Senec. Epiſt. 87.

ſon prix, que lorſqu'on y revient ſouvent (*ii*).

Rien n'égale auſſi l'avantage de lire quelquefois avec un ami habile & judicieux. Il aide à expliquer le ſens des paſſages difficiles, à obſerver les beaux endroits, à ſentir les fineſſes d'un ouvrage. Il fait remarquer celles qu'on n'avoit pas apperçues. Outre cela il ſeroit bon de lui rendre compte des lectures dont on s'occupe, de lui dire ce qu'on en penſe pour avoir ſon ſentiment.

A l'utilité d'une pareille conférence, qui fait naître l'eſtime mutuelle, & reſſerre les nœuds d'une amitié ſolide, ſe joint une ſatisfaction ſecrete de

(*ii*) Δὶς καὶ τρὶς τὰ καλά.
Lectio prima placet, necnon repetita placebit.
Salden. de libr.

Non ita difficilis ſupererit quæſtio, qui legendi ſint, (auctores) ego optimos quidem & ſtatim & ſemper.
Quintil. lib. 2. Inſt. cap. 6.

faire voir qu'on étudie, & qu'on eſt inſtruit. En effet, liroit-on beaucoup ſi l'on ne liſoit que pour ſoi? Je me plais, à la vérité, dans la lecture des œuvres de Démoſthene, de Virgile, & de la Bruyere; mais je goûte un nouveau plaiſir à m'entretenir avec quelque connoiſſeur des beautés qui m'ont frappé dans leurs écrits, & des obſervations que j'y ai faites.

L'homme de Lettres n'eſt pas plus diſpenſé que les autres hommes, de contribuer au bien de la Société. Son ſavoir n'eſt rien, s'il ne le communique (*kk*). Mais l'accompliſſement de ce devoir eſt facile & honorable. C'eſt auſſi le privilege de l'étude & une récompenſe des travaux du cabinet. C'eſt ſur-tout le

(*kk*) Scire tuum nihil eſt, niſi te ſcire hoc, Sciat alter.

Perſ. Sat. 1, v. 27.

moyen de doubler le profit de la lecture, que de la faire de temps à autre en commun, pour conférer enſuite par forme d'entretien familier ſur ce qu'elle offre de plus intéreſſant. Une converſation de ce genre eſt ſouvent auſſi inſtructive que l'étude ſolitaire, & peut-être plus propre à perfectionner le goût, à rectifier le jugement.

Ajoutons à cela que la lecture à haute voix produit une impreſſion plus vive ſur l'eſprit, que celle qu'on fait dans le ſilence de la retraite. Le ſon & les inflexions de la voix excitent des mouvements, des ſenſations plus favorables au ſuccès de l'ouvrage qui eſt lu, & lui donnent une ſorte de vie. Les traits qui ſaiſiſſent, qui affectent celui qui lit paſſent auſſitôt dans l'ame de celui qui écoute; & le fruit de l'inſtruction ſe multiplie à meſure que le ſentiment redouble ſes effets.

Cet uſage fournit auſſi l'occaſion de s'exercer dans l'art de bien lire. Talent ingénieux qui embellit tout ce qu'il touche, qui fait valoir les moindres choſes, qui rend aux excellentes leur véritable luſtre & leur juſte prix. Talent rare que la nature refuſe ſouvent aux hommes même qu'elle a comblés des dons du génie & de la ſcience : talent que d'autres portent à un ſi haut degré de perfection, qu'on doit ſe mettre en garde contre la ſéduction de leur organe, & ne pas juger du mérite d'une piece par l'expreſſion que le Lecteur habile lui donne.

Mais, ſoit qu'on liſe pour les autres, ou qu'on le faſſe en particulier, ſoit qu'on s'entretienne avec quelqu'un, ou qu'on médite ſur ce qu'on a lu, il faut pour rendre ces exercices utiles en écarter tout eſprit de prévention & de critique, qui fait perdre de vue le vrai but de l'étude. Evitons d'imiter ceux qui ne jurent que ſur les paroles de leur maître, ou qui ſe laiſſent ſéduire par des noms impoſants, ou qui ne veulent recevoir la vérité que de la part de certains Docteurs qu'ils eſtiment; qui ſe préviennent en faveur de quelques-uns à l'excluſion de tous les autres.

Gardons-nous auſſi de ce dégoût ſtoïque qui empoiſonne les meilleures choſes, de cette délicateſſe de goût trop outrée qui nous rend ſi ſéveres dans nos déciſions, ſi lents à approuver, ſi prompts à critiquer les Auteurs, ſi peu diſpoſés à compenſer équitablement leurs défauts par leurs perfections. Effectivement, combien de Lecteurs que le préjugé ſuborne, que la bizarrerie domine, ou que l'ignorance aveugle, juges incompétents, néanmoins toujours prêts à décider ſans connoiſſance de cauſe! Combien qui ſont ſi froids, ſi dédaigneux, ſi indolents que rien ne les remue, ſi inconſtants que rien ne les fixe, ſi déraiſonnables, ſi pointilleux, ſi injuſtes que rien ne peut les ſatisfaire!

Cependant lorſqu'on y réfléchit mûrement, on ne ſauroit diſconvenir que le bon goût & le jugement délicat ont leurs bornes: que les vrais connoiſſeurs ſont les plus indulgents: & que s'accoutumer ainſi à être trop ſpéculatif, trop difficile à contenter, c'eſt retrancher une partie de ſes plaiſirs ; c'eſt s'appauvrir au milieu des richeſſes ; c'eſt négliger de recueillir l'or, parce qu'il eſt mêlé avec quelques grains de ſable.

Avouons encore qu'il eſt bien plus facile de cenſurer ce que font les autres que de faire mieux ſoi-même. Le talent de la critique, même la plus ſenſée, eſt très-inférieur à celui d'inventer & de produire. Tel qui fronde impitoyablement des écrits eſtimables, feroit bien embarraſſé s'il lui falloit mettre au jour ſes penſées dans une forme réguliere.

Au reſte, où ſont les hommes ſans défauts ? Celui qui en a le moins, dit un Poëte Philoſophe, eſt le plus accompli de tous (*ll*). D'où vient

(*ll*) Eheu !
Quàm temerè in noſmet legem ſancimus iniquam !

donc exiger dans leurs productions des qualités qu'ils n'ont pas eux-mêmes ? Où trouveroit-on un ouvrage complétement parfait ? Quoiqu'on doive préférer les meilleurs, on est souvent contraint de lire les plus médiocres, pour en extraire ce qu'il y a de bon. Il en est peu, même des moins estimés, qui ne contiennent quelque chose d'utile ou de curieux (*mm*).

Usons des livres ainsi que du commerce des hommes. Tirons-en le meilleur parti. Il faudroit renoncer à la société, si l'on n'y vouloit trouver que des amis fideles, des citoyens

Nam vitiis nemo sinè nascitur : optimus ille est
Qui minimis urgetur.

Horat. lib. 2. Sat. 3. v. 66.

Pro optimo est minimè malus.

Senec. de tranquil. an. cap. 7.

(*mm*) Plinius major dicebat nullum esse librum qui non in aliqua parte prodesset. Verum dixit de his qui norunt ex quibuscumque libris, si quid inest frugiferum, excerpere. Sed sunt qui in libro quantumvis bono, nihil venantur, nisi quod reprehendant.

Erasm. Apopht. lib. 8.

irréprochables. Les talents ſont mêlés, comme les vertus, d'imperfections & de foibleſſes. L'art du ſage conſiſte à extraire le bien du mal même. L'homme de Lettres en uſe de la ſorte à l'égard de la lecture. Parmi les plantes ſalutaires, il en naît qui ſont venimeuſes. Le ſavant Naturaliſte ſait les diſtinguer (*nn*).

Quand on ne lit que pour l'amuſement, il faut choiſir; parce que les mauvais livres de ce genre ne ſont que mauvais, ou dangereux. Mais, pour l'inſtruction & l'étude, on ne doit pas toujours dédaigner l'uſage de quelques livres peu eſtimés des gens de goût, lorſqu'on y découvre de bonnes vues, & des principes lumineux. Ils péchent peut-être par

(*nn*) Ut inter ſalutares herbas naſcuntur & venena, ita ex auctoribus, quæ rectè dixerunt, ſunt excerpenda. *Id. ibid.*

le ſtyle; l'ordre & la netteté y manquent; la lecture en eſt rebutante & faſtidieuſe; mais, une vérité ſolide, une anecdote intéreſſante ne ſauroient être achetées trop chérement. C'eſt une conquête digne du courage & du zele des amateurs de la ſcience.

Quelqu'un demandant à Virgile pourquoi il liſoit avec tant de ſoin les ouvrages d'Ennius: » Je cherche, » répondit-il, à tirer l'or de ce fu» mier (*oo*) ». La culture de l'eſprit peut être toujours comparée à celle de la terre. Il faut défricher, arracher les ronces & beaucoup travailler pour recueillir quelques fruits (*pp*).

(*oo*) Virgilius Ennii opera diligenter & ſæpius evolvens, ac rogatus quid ageret: *Aurum*, inquit, *lego ex ſtercore. Sabell. lib. 2. cap. 7.*

(*pp*) *Horace & Deſpréaux s'excitoient au travail à l'exemple de leurs Jardiniers & leur adreſſoient ces vers:*

Certemus, ſpinas animove ego fortius, an tu
Evellas agro, & melior ſit Horatius, an res.
Horat. lib. 1. Epiſt. 14. v. 4.

Ne nous décourageons pas. Labourons avec effort ; ſemons avec prudence ; il vient enſuite un temps où la récolte eſt précieuſe & abondante. Elle ſurpaſſe quelquefois nos eſpérances.

C'eſt une mine dont l'exploitation donne bien de la peine ; mais dont le produit eſt auſſi riche que certain. Les livres ſont les ſources où il faut fouiller. Soit que le littérateur cherche à ſe perfectionner pour le ſtyle, ſoit qu'il veuille s'inſtruire du fond des choſes, la lecture lui en fournit tous les moyens néceſſaires. Si le talent de bien écrire eſt un don de la nature, il a auſſi beſoin d'être cultivé. L'art de bien dire n'acquiert

O ! que de mon eſprit triſte & mal ordonné,
Ainſi que de ce champ par toi ſi bien orné,
Ne puis-je faire ôter les ronces, les épines,
Et des défauts ſans nombre arracher les racines !

Deſp. Epit. XI. v. 7.

quelque perfection que par le secours des préceptes & des exemples.

L'habitation dans les grandes villes, ou à la Cour, la fréquentation du monde poli, en facilitent le succès. Cependant, tous les hommes de Lettres ne sont pas à portée de profiter de cet avantage. Les uns se trouvent confinés au fond des provinces; les autres résident à la campagne, quelquefois dans des pays étrangers où le goût & le bel usage sont inconnus. Ils n'ont aucune autre ressource pour s'y former ou s'y maintenir, qu'une lecture bien choisie. Les livres purement écrits sont leurs modeles; à l'aide de la réflexion & de l'étude ils tâchent de les imiter.

Cicéron faisoit à ce sujet cette comparaison: » La Lecture, dit-il, » produit sur mon esprit le même

» effet que le Soleil opere ſur les » objets éclairés de ſa lumiere. Lorſ- » que j'ai lu les ouvrages des bons » Ecrivains, je ſens que mes diſcours » s'échauffent du feu de leur élo- » quence, & ſe réglent par l'harmonie » de leur ſtyle (*qq*). » L'Orateur Romain avec tous ſes talents ne dédaignoit pas de chercher des exemples: & il nous en fournit un lui-même digne de notre émulation.

Si de la pureté & de l'élégance de la diction le Littérateur paſſe aux principes des choſes, pour les pénétrer & les approfondir, il faut qu'il ait encore recours aux livres. Alors, il étudie les différents traités; il conſulte les Commentateurs. Par une

(*qq*) Fatebor, ut cùm in ſole ambulem, fieri naturâ, ut colorer: ſic cùm libros ſtudioſiùs legerim, ſentio orationem meam illorum cantu quaſi colorari.
Cic. de orat. lib. 2. n°. 60.

ſorte de confrontation il les compare entr'eux, combine leurs divers ſentiments, explique la penſée de l'un par les obſervations de l'autre. Il lit & relit les écrits des Philoſophes, des Hiſtoriens, des Polygraphes & des bons critiques. Muni des richeſſes de l'érudition, il eſt en état d'acquérir de nouvelles connoiſſances, de raiſonner & d'écrire ſur toutes les matieres, qui ont fait l'objet de ſes recherches. Ce n'eſt pas être plagiaire que de tendre ainſi à la découverte de la vérité, en s'appuyant ſur le témoignage des Auteurs célebres. Peut-on mieux faire que de s'adreſſer à d'excellents Maîtres, que de réformer ſes idées, que de conſolider ſon jugement par la vue réfléchie de leurs beaux ouvrages?

Où eſt le génie ſi fécond, ſi original,

original, qui puiſſe tout tirer de ſon propre fonds, & ne jamais rien emprunter du talent d'autrui? Quel eſt l'homme qui ait tout ſu, & qui n'ait jamais rien oublié? Je ſuis bien moins diſpoſé à admirer, qu'à ſoupçonner de médiocrité & de préſomption celui qui ſe vante d'être doué du talent de compoſer & d'écrire ſans avoir rien lu. Il eſt preſque impoſſible de mettre au jour, ſans ce ſecours, une production de quelque mérite & de quelque étendue. La ſéchereſſe, le goût bizarre, le paradoxe & le déſordre en feroient néceſſairement les principaux caracteres.

Un Ecrivain prudent & jaloux de réuſſir prend conſeil de tous ceux qui ont écrit avant lui dans le même genre. Il interroge les anciens & les modernes. Leurs penſées font naître les ſiennes. Il ſe corrige même à l'inſpection de leurs défauts. D'ailleurs, mille détails l'obligent à réclamer les ſecours étrangers. S'agit-il d'éclaircir un point de ſcience, de réſoudre un problême, de conſtater un fait d'hiſtoire, de vérifier une date, une citation, il n'épargne ni ſes peines, ni ſes ſoins pour découvrir l'objet de ſa curioſité.

Sans ſe fier trop légérement à la dépoſition, ſouvent infidele ou inſuffiſante, des extraits & des dictionnaires, il remonte aux ſources qu'ils indiquent, & puiſe dans les textes mêmes les vérités dont il a deſſein de s'inſtruire. Il veut tenir les choſes de la premiere main. Quoi qu'il lui en coûte, il pénetre dans les ſecrets des anciens Sages, & conſulte curieuſement les Auteurs originaux.

Cette recherche eſt pénible, mais elle eſt néceſſaire. C'eſt le travail de la diligente abeille qui forme ſon miel de tous les meilleurs ſucs (*rr*). On ne trouve qu'à force de chercher opiniâtrément. Le ſuccès n'eſt accordé qu'à la conſtance. Ainſi s'élevent par une laborieuſe induſtrie les divers édifices de l'érudition. L'aſſemblage des matériaux eſt auſſi difficile que leur emploi eſt épineux.

Si l'homme de Lettres ſe propoſe de traiter un ſujet, après avoir dreſſé ſon plan, il tâche par ſes extraits, ſes remarques, & ſes compilations, de recueillir les proviſions littéraires convenables à ſon entrepriſe. Il s'applique enſuite à diſpoſer les parties

(*rr*) Apes è variis floribus varios colligunt ſuccos. Sed eos ſuo ſpiritu mutant ac digerunt. Sic evolvendi ſunt auctores omnes, ſed quos legeris, in tuos uſus transformandi ſunt. *Senec.*

dont il fait choix, à les ajuster, à les lier entr'elles. Il compose enfin de l'union de ces différentes matieres, un tout solide & régulier. C'est une sorte de refonte par laquelle le travail d'autrui devient le sien propre. (ff) Cette nouvelle production est le résultat d'une lecture immense.

Voilà donc quel est l'usage avantageux des livres choisis avec discernement, lus avec attention, & médités avec soin. Telle est leur destination. Telle est l'utilité qu'on peut en retirer pour l'instruction, pour l'étude, & même pour le simple amusement. Ils entretiennent l'habitude de penser, qui est la plus noble, la plus importante occupation de l'homme. Ils font les délices des

(ff) Ut è diversis numeris constat unus summam illorum in se complectens: sic è diversis conflatur eruditio. Jam tua, non aliorum. *Id. Senec.*

Lecteurs assidus & appliqués, ou dissipent l'ennui des gens oisifs.

A la vue de tant de différents avantages, empressons-nous de fréquenter les bibliotheques. C'est-là que nous sommes introduits à l'audience des Grands du Parnasse. Nous ne pouvons manquer d'obtenir ce que nous leur demandons. Ils semblent être touchés de notre zele, & sont toujours disposés à couronner notre émulation par leurs bienfaits. Nous ne sortons jamais d'auprès d'eux qu'ils ne nous aient fait part de leurs richesses. Non, il n'y a rien à perdre : il y a même tout à gagner pour qui sait s'attacher à eux. Leur faveur n'est ni trompeuse, ni passagere. Ils ne meurent point tout entiers (*tt*) ; & leur gloire

(*tt*) *Horace disoit prophétiquement de lui-même & avec raison, ce qu'on peut appliquer à la mémoire de* ne s'évanouit pas comme celle des autres hommes. Le ſouvenir de leurs perſonnes, & toute l'empreinte de leur ame, nous reſtent dans leurs écrits. Oſons évoquer avec confiance leurs manes célebres. Invitons-les à nous communiquer quelques étincelles de ce beau feu qui les anime encore.

Auteurs illuſtres qui honorâtes Rome & la Grece, Ecrivains fameux qui avez contribué à la ſplendeur du regne de Louis le Grand, daignez nous apprendre à penſer, & à bien dire. Théologiens profonds, montrez-nous ce que nous devons à l'Etre ſuprême, & aux hommes avec qui nous vivons. Doctes & prudents

ceux qui ſe ſont diſtingués par leurs écrits :

Exegi monumentum ære perennius.

. . . .

Non omnis moriar : multaque pars meî
Vitabit Libitinam. Uſque ego poſterâ
Creſcam laude recens. *Lib. III. Od. 30.*

moraliſtes, enſeignez-nous nos devoirs à l'égard de nous-mêmes. Philoſophes laborieux, initiez nous dans les myſteres de la nature : élevez nos eſprits à la contemplation de ſes merveilles. Orateurs éloquents, Poëtes ſublimes, échauffez notre cœur & fixez notre goût. Hiſtoriens graves & judicieux, ouvrez-nous les archives de l'antiquité, découvrez-nous pour notre inſtruction la combinaiſon des événements qu'ont produit les vertus, les paſſions, & les erreurs humaines. Princes de la littérature, Maîtres de l'érudition dans tous les genres, achevez ſur nous votre ouvrage. Inſpirez-nous les moyens d'imiter fidélement les modeles que vous nous tracez, d'étudier utilement les excellents livres que vous nous avez laiſſés. Ils ſeront des monuments immortels de votre générosité & de votre savoir.

N'en doutons nullement : ces livres sont des oracles de science & de vérité, dont il faut respecter les réponses, & les recevoir comme des leçons propres à perfectionner la raison, le génie, le goût, & les mœurs. Ces livres sont les testaments des Savants & des Sages qui ont voulu transmettre à la postérité leurs maximes & leurs sentiments. En effet, des hommes admirables, dont le zele, le mérite & les talents feront à jamais la gloire de l'esprit humain, ont légué aux Lecteurs studieux le fruit de leurs travaux & de leurs veilles, en un mot, toutes leurs acquisitions & toutes leurs découvertes. Heureux celui qui est appellé à une succession si honorable, & dont la valeur ſurpaſſe tous les biens ! Plus heureux encore, celui qui ſait la recueillir, la conſerver, & en faire un bon uſage ! On eſt toujours aſſez riche, lorſqu'on a en ſon pouvoir les moyens d'acquérir la ſcience & la vertu.

Oui, quand j'ai raſſemblé chez moi un nombre ſuffiſant de livres d'élite, je crois y voir un Aréopage. Ma maiſon devient le ſanctuaire des Muſes. Un eſprit de lumiere la remplit & l'honore de ſa préſence. *Mens addita videtur meis ædibus* (*uu*). De cet aſyle ſi bien muni, ſi reſpectable, j'oſe défier l'ennui & ſes langueurs, l'oiſiveté & ſes dangers, la fortune & ſes revers, le chagrin cuiſant & toute ſon amertume (*xx*).

(*uu*) *Cicer. ad Att. lib. 4. Epiſt. 8.*

(*xx*) Et gaudium mihi & ſolatium in litteris : nihilque

Delà, je méprise les richesses & le luxe orgueilleux qui les suit; je dédaigne les honneurs, & le fastueux éclat qui les environne; je renonce même aux plaisirs séduisants, & à tout cet appareil magique qui les déguise & les varie. Non, il n'est point de félicité comparable à la mienne; je n'en connois point d'autre véritable que celle dont je jouis.

O! Lecture, aliment de notre ame, flambeau de notre vie, miroir fidele où l'homme apprend à se connoître lui-même, objet vraiment digne de sa curiosité & de son étude! Lecture, présent du Ciel, plaisir pur, délicieux, tranquille & dura-

tam lætum quod his lætius: nihil tam triste quod non per has sit minùs triste. Itaque ad unicum doloris levamentum, studia confugio, quæ præstant, ut adversa magis intelligam, sed patientiùs feram...... Porro ut ex studiis gaudium, sic studia hilaritate proveniunt.

Plin. Jun. lib. 8. Epist. 19.

ble! Plaiſir de tous les âges, de tous les états, plaiſir facile, toujours prêt, toujours nouveau, qui nous accompagne par-tout, & que le repentir ne ſuit jamais. Lecture, école de la ſageſſe, ſource féconde de doctrine! tu enrichis notre mémoire, tu embellis notre imagination, tu rectifies notre jugement. C'eſt toi qui nous tranſmets les préceptes du bon goût; c'eſt toi qui fais germer les dons de la nature, & qui nous révéles tous les ſecrets de l'art. Tu nous tiens lieu de la plus aimable compagnie. Tu rends ſupportable la ſolitude la plus affreuſe, & la plus triſte captivité. Tu charmes tous nos dégoûts & toutes nos peines.

O! qu'il eſt doux de s'adonner à un exercice ſi agréable, ſi légitime & ſi utile! Qui pourroit n'être pas ſenſible à tous ces précieux avantages ? Tâchons donc de nous les procurer. Accoutumons-nous de bonne heure à connoître le prix de la lecture, à l'aimer, à la goûter, à la faire fructifier en nous. Conſacrons-lui notre loiſir. Comprenons que l'état de l'homme oiſif & ſans étude eſt une privation de vie, une ſorte de ſépulture. *Otium ſinè litteris mors eſt, & hominis vivi ſepultura* (xx). Ne bornons pas notre zele à une ſpéculation vaine & ſtérile. Que la théorie de la ſcience nous conduiſe à la pratique de la vertu. Ne ſoyons ambitieux de nous inſtruire & de ſavoir, que pour être plus en état d'agir & de bien faire. Que le commerce des morts nous apprenne à converſer

(xx) *Senec. Epiſt.* 82.

avec les vivants: que le bon uſage des livres juſtifie le choix que nous en aurons fait : & que la doctrine ſaine que nous y puiſerons ſoit toujours la baſe de nos maximes, le principe de nos actions, la regle enfin de nos devoirs, de nos mœurs, & de notre conduite.

F I N.

Le Sueur pinx. Predication de S. Paul a Ephese. *Tardieu* [illegible]

Plusieurs aussi de ceux qui avoient exercé les arts curie[illegible] aporterent leurs livres et les brulerent devant tout le monde. A.[illegible] ch. 19. v. 19. Paris chez Tardieu. C.P.R.

www.ingramcontent.com/pod-product-compliance
Ingram Content Group UK Ltd.
Pitfield, Milton Keynes, MK11 3LW, UK
UKHW031905260826
14628UKWH00003B/1001

9 782329 325392